DER FLÜGELSCHLAG DES SCHMETTERLINGS

von

Volker Sebold

echter

Gewidmet meiner Mutter,
eine von den Guten

Bibliografische Information der Deutschen Nationalbibliothek

Die Deutsche Nationalbibliothek verzeichnet diese Publikation in der Deutschen Nationalbibliografie; detaillierte bibliografische Daten sind im Internet über ‹http://dnb.d-nb.de› abrufbar.

1. Auflage 2024

Dominikanerplatz 8
D-97070 Würzburg
info@echter.de / www.echter.de

Umschlag: Vogelsang Design, Jens Vogelsang, Aachen
Covermotiv: stock.adobe.com, © nsit0108 (generiert mit KI), © benicoma
Innengestaltung: Crossmediabureau, Gerolzhofen
Druck und Bindung: Rudolph Druck GmbH & Co. KG, Schweinfurt

ISBN
978-3-429-05989-7 (Print)
978-3-429-06700-7 (PDF)
978-3-429-06701-4 (ePub)

Dieser Roman ist Fiktion.

Jeder Bezug zu realen Ereignissen, Personen und Orten ist hier rein fiktional. Weitere Namen, Figuren, Orte und Ereignisse entstammen der Vorstellungskraft des Autors.

Vorhersehbarkeit: Löst der Schlag eines Schmetterlingsflügels in Brasilien einen Wirbelsturm in Texas aus?

Edward Lorenz, US-Meteorologe,
Wegbereiter der Chaostheorie

PROLOG

Für den Blauen Morphofalter *(Morpho peleides)* auf Costa Rica war die Welt in Ordnung, als er begann, sich aus seinem Kokon zu quälen. Vier Monate hatte die Entwicklung vom Ei zum Falter gedauert. Das Weibchen hatte es auf eine Mucuna-Rebe gelegt. Schnell wuchs die Raupe heran. Häutete sich fünfmal, um sich schließlich zu verpuppen. Am Ende ihres Körpers wies die geschlüpfte Larve einen mit Dornen versehenen Fortsatz auf. So konnte sie sich mühelos an einen Zweig heften und sich kopfüber hängen lassen. Die Befreiung aus dem Kokon hingegen war ein Kraftakt. Mit unbändigem Willen traten die Füße des Schmetterlings gegen den schützenden Panzer. Als die Hülle endlich aufbrach, boxten zarte Füße jedes störende Teil zur Seite. Dann stieß der Kopf mit den Fühlern ins Freie. Schwach schob sich der restliche Körper aus dem Gespinst. Nun hing der Schmetterling stolz am Ast. Die Fühler zu einem mächtigen *V* geformt. Quälend langsam breitete er die Flügel aus. Von oben betrachtet war das Insekt von betörender Schönheit. Die Vorderkanten der Flügel waren schwarz gerahmt und verstärkten die betörende Wirkung des satten Blaus, hervorgerufen durch Schuppen, auf die Lichtwellen trafen.

Kein Wunder, dass Sammler der Spezies Mensch zu den Hauptfeinden dieser erhaben wirkenden Schmetterlinge gehörten.

Nichts ahnend von all dieser Gefahr schickte sich das imposante Wesen an, den ersten Flug zu wagen. In wirrem Zickzack versuchte es instinktiv, potenziellen Feinden zu entkommen.

Ein Mann stapfte durch den Regenwald, dem das Nagoya-Protokoll vollkommen egal zu sein schien. Er war auf der Suche nach dem schönsten Schmetterling, den es seiner Meinung nach, gab: dem Blauen Morphofalter. Da hatte der Schutz von Tierarten in einer bedrohten Welt für ihn keinen Vorrang. Der Sammler war getrieben von seiner Leidenschaft, diesen außergewöhnlichen Falter selbst zu fangen, um ihn endlich zu besitzen.

Licht, Wärme und Feuchtigkeit ließen eine Vegetation gedeihen, die es in dieser Üppigkeit und Schönheit auf der Erde sonst nirgends zu finden gab.

Eine Symphonie der Geräusche, die dem Sammler in den Ohren wehtat. Wenn er nachts in seinem Zelt lag, machten ihn die gefährlich klingenden Laute beinahe verrückt.

Er lehnte sich erschöpft an einen Baumriesen, dessen Laubdächer alles darunter abschirmten. Die mächtigen Wurzeln bohrten sich in den feuchten Boden wie die Füße eines riesigen Sauriers. Lianen hingen wie grünes Lametta von den gewaltigen Bäumen.

Der Mann hatte kein schlechtes Gewissen. Sein Egoismus siegte über den Gedanken der Ausbeutung. Er hatte vor Antritt der Reise seine Fotoausrüstung mit Thymol eingesprüht, um die Verpilzung der empfindlichen Teile zu verhindern. Für sich selbst hatte er zur Sicherheit ein Fläschchen Bio-Thymianöl dabei, mit dem er sich regelmäßig den Mund ausspülte.

Er war dem Objekt seiner Begierde unerbittlich auf den Fersen.

Unbekümmert sendete der Falter jedoch mit jedem Flügelschlag Wellen in die Atmosphäre. Diese Bewegungen setzten Dinge in Gang, die in der Tausende Kilometer entfernten fränkischen Mainmetropole Würzburg für einige Menschen im Chaos enden sollten.

Roland Utz, Staatsschützer, lässt Vergangenes Revue passieren und blickt nach vorne

AUGEN IN DER GROẞSTADT

von Kurt Tucholsky

Wenn du zur Arbeit gehst
am frühen Morgen,
wenn du am Bahnhof stehst
mit deinen Sorgen:
da zeigt die Stadt
dir asphaltglatt
im Menschentrichter
Millionen Gesichter:
Zwei fremde Augen, ein kurzer Blick,
die Braue, Pupillen, die Lider –
Was war das? vielleicht dein Lebensglück …
vorbei, verweht, nie wieder.

Du gehst dein Leben lang
auf tausend Straßen;
du siehst auf deinem Gang,
die dich vergaßen.
Ein Auge winkt,
die Seele klingt;
du hast's gefunden,
nur für Sekunden …
Zwei fremden Augen, ein kurzer Blick,

die Braue, Pupillen, die Lider –
Was war das? Kein Mensch dreht die Zeit zurück…
vorbei, verweht, nie wieder.

Du mußt auf deinem Gang
durch Städte wandern;
siehst einen Pulsschlag lang
den fremden Andern.
Es kann ein Feind sein,
es kann ein Freund sein,
es kann im Kampfe dein
Genosse sein.
Es sieht hinüber
und zieht vorüber…
Zwei fremde Augen, ein kurzer Blick,
die Braue, Pupillen, die Lider –
Was war das?
Von der großen Menschheit ein Stück!
Vorbei, verweht, nie wieder.

Roland Utz nahm mit sanfter Hand, Finger an Mittelloch und Außenseite der LP, das Vinyl vom Plattenteller. Public Service Broadcasting: *Bright Magic – Ich und Die Stadt.*

Tucholskys Lyrik kongenial vertont und von Nina Hoss vollendet vorgetragen. Immer noch tief beeindruckt von der Kraft der Musik und des Textes schob Roland die Platte zurück in die Hülle. Streichelte sanft über das kunstvolle Cover und stellte die Scheibe ins Regal unter *P*, zwischen Portishead und Robert Plant.

Er ging auf den kleinen Balkon hinaus. Blickte über die Dächer der Zellerau, aus deren Schornsteinen Rauch in die Luft stieg. Jetzt, Mitte Januar, hatte sich der Winter doch noch entschieden, seinen Job zu erledigen. In einem Garten bauten Kinder einen Schneemann. Autos schlichen in Zeitlupe auf gesalzenen Straßen. Die Stadt hatte sich ein weißes Kleid übergeworfen und strahlte Unschuld aus.

„Noch knapp acht Monate", dachte er und fingerte ein bereits angeschnittenes Maßband aus seiner Hosentasche. „Es ist an der Zeit aufzuhören. Meine Zeit als Straßenköter ist gezählt. Die Jungen werden den Laden am Laufen halten. Anders zwar, aber die Dinge verändern sich zwangsläufig und ich habe mir nichts vorzuwerfen. Jetzt gilt es nur noch gesund zu bleiben, um den Ruhestand auch genießen zu können."

Roland atmete tief durch. Zweifel ließen sich nicht zur Gänze beseitigen.

„Wird mir die Decke auf den Kopf fallen? Ich muss auf jeden Fall mehr Sport treiben! Theater- und Museumsbesuche – auf jeden Fall! Ein Kollege hilft bei der *Tafel* aus. Die brauchen bestimmt noch Leute."

Er nickte, ließ seine Gedanken und Zweifel frei und begab sich zurück in die Wohnung.

Als er sich in der Küche einen Tee aufbrühte, stellte er fest, dass es in letzter Zeit im Dienst äußerst ruhig abgelaufen war. Sicher hatte die Covid-Pandemie dazu beigetragen. Immerhin hatte die Sache mit dem bewaffneten Somalier am Barbarossaplatz für große Aufregung gesorgt. Es war zu erwarten gewesen, dass viele zunächst dachten, es handelte sich um einen islamistisch motivierten Anschlag: Der Täter soll angeblich während seiner Attacken mit dem Messer *Allahu Akbar* gerufen haben. Doch sein Kommissariat hielt dem Druck vom Ministerium stand. Es ermittelte ruhig und sachlich. Schließlich gab es keinerlei Beweise für diese Theorie. Selbst Klotz, sein Chef, wuchs über sich hinaus und war die Ruhe in Person. Leider passierten immer noch zu viele Amokläufe von psychisch kranken Menschen, denen die Politik zu wenig Angebote unterbreitete, sich helfen zu lassen. Wo blieb das von Fachleuten geforderte psychologische Screening? Wo waren die Sozialarbeiter und Sozialarbeiterinnen? Stattdessen hilfloses Agieren von Seiten konservativer Politiker und Politikerinnen, die die einzige populistische Lösung darin sahen, die Gestrandeten abzuschieben. Als seien damit alle Probleme gelöst?!

Roland schüttelte den Kopf. Der Tee war fertig und das heiße Getränk beruhigte seine aufgewühlten Gedanken.

Der letzte Song der LP hatte ihn nicht nur an seine geliebte Stadt denken lassen, sondern auch an Rebecca. Wehmut überkam ihn.

Zumal Dorothea, seine letzte intensivere Beziehung, ihn endgültig dazu gebracht hatte, alleine zu leben. Kurz vor Weihnachten hatte er ihr den Laufpass gegeben. Dabei hatte doch alles so harmonisch begonnen, damals nach dem forschen Auftritt an der Vogelsburg, als er sie leicht beschwipst und neugierig zu einem Glas Wein eingeladen hatte. Daraus hatten sich viele gemeinsame kulturelle Unternehmungen entwickelt, die Roland auf andere Gedanken brachten und ihn wieder an eine positive Zukunft glauben ließ.

Er stand wieder auf dem Balkon. Blickte seinem Atem nach, der sich mit den Schwaden aus der Tasse paarte und in die kalte Luft davonschlich. Die Kälte kroch an ihm hoch. Er schloss die Balkontür endgültig. Auf dem Weg in die Küche sah er, dass das Thermometer 19,5 Grad anzeigte. Nicht gerade kuschelig, aber es passte. Er fand es richtig, die neue Regierung bei den gewünschten Energiesparmaßnahmen zu unterstützen. Was blieb sonst auch übrig, nachdem der irrsinnige Despot aus Moskau die Ukraine überfallen und den Gashahn zugedreht hatte?

Er schnippelte rohe Kartoffeln klein. Schnitt Zwiebeln, Karotten und Knoblauch in hauchdünne Scheiben. Briet die Kartoffeln bei geschlossenem Deckel an. Die restlichen Zutaten dazu. *Vegeta*-Gewürz und dann, ihm lief schon das Wasser im Mund zusammen, warf er Blutwurst aus der Dose von der Münsterschwarzacher Kloster-Metzgerei dazu. 20 Minuten später biss er in eine Gewürzgurke und genoss das kross gebratene Mahl. Ab und zu gönnte er sich eine kleine Sünde. Hatte er doch das Trinken aufgegeben. Er vermisste den Alkohol auch nicht mehr. Er hatte sich soweit im Griff, dass es ihm gelang, nur ein Bier am Abend zu trinken.

Für diesen konsequenten Schritt war er Dorothea sehr dankbar.

Doro. Als er sich von ihr getrennt hatte, ließ er sich einen Bart und die Haare wachsen. Graumeliert. Er gefiel sich. Und das war ihm das Wichtigste.

Er saß satt und müde im Sessel. Sein Blick glitt hinüber zu den Weinbergen am Stein. Vorwitzig ragten die Stützen für die

Reben aus der Erde und bildeten einen dunklen Kontrast zum schneebedeckten Boden. Wie Bartstoppeln, die man vergessen hatte zu rasieren.

Corona.

Kurz vor Weihnachten hatte es ihn dann doch erwischt. Trotz dreifacher Impfung. Er hatte immer sorgfältig seine Maske getragen, und trotzdem hatte das Virus ein Schlupfloch gefunden. Roland lag eine Woche darnieder. Schnupfen, Gliederschmerzen, Halskratzen und vier Tage tatsächlich keinen Geschmackssinn. Er schlief viel und ließ sich vor Mattigkeit von TV-Serien ablenken. Er staunte, welche Qualität die Streamingdienste abliefern konnten. Es wunderte ihn nicht mehr, dass die Kinos immer mehr Einbußen hinnehmen mussten. Aber Roland schätzte es immer noch, in seinem geliebten *CENTRAL*-Kino in andere Welten abtauchen zu können. Die Atmosphäre eines Kinos, wenn das Licht erlischt, wird einzigartig bleiben.

Corona hatte ihn erwischt, als er schon nicht mehr mit Doro zusammen war. Sie hatten sich unspektakulär getrennt. Hatten sich geeinigt, dass sie keinen Kontakt mehr zueinander haben würden. Doros Verhalten war im Verlauf der Pandemie immer seltsamer und versponnener geworden. Anfangs dachte sich Roland nichts dabei, als sie bei Spaziergängen im Steigerwald Bäume umarmte und für Minuten schweigend in einen Dialog mit den Holzgewächsen trat. Er machte auch bei ihrem Kunstprojekt *Der steinerne Penis* mit. Doro war spinnert, aber auch liebenswert. Als sie einen Gipsabdruck von seinem besten Teil nahm, erklärte sie mit der ihr eigenen Verve, dass sie etwas Lebensspendendem die Ehre erweisen und es vor der Vergänglichkeit schützen wolle. Rolands Abdruck schaffte es sogar in die Vitrine zu den anderen Exemplaren.

„Immerhin belege ich einen Mittelfeldplatz“, dachte er damals und hatte Spaß bei dieser kruden Humoraktion.

Mit der Zeit jedoch äußerte sich Doro nur noch negativ über die Corona-Politik der verantwortlichen Volksvertreter und Volksvertreterinnen. Aber während Roland Gelassenheit an den Tag legte und die Politik einfach mal machen ließ, weil er davon ausging, dass sie das Beste für die Menschen wollte, begann Dorothea, auf ihren sozialen Kanälen Inhalte zu posten, die eindeutig Verschwörungserzähler und Verschwörungserzählerinnen und Rechtspopulisten und Rechtspopulistinnen zuzuordnen waren. Argumente prallten an ihr ab. Roland fand keinen Zugang mehr zu ihr.

Als sie in Schweinfurt an einer Demo gegen die staatlich verordneten Coronamaßnahmen teilnahm, bei der auch Neo-Nazis mitliefen und ihre Parolen grölten, war es für Roland zu viel des Guten.

„Mit Nazis läuft man nicht und macht mit ihnen keine gemeinsame Sache! Das verbietet der Anstand!“, schimpfte er seine damalige Partnerin. Doro konterte, er sei als Polizist eben ein treudoofer Vasall der korrupten Politikerelite. Zudem sei er zu eingefahren und merke gar nicht, wie die Lügenpresse Wahrheiten verfälsche.

Als Roland merkte, dass Dorothea sich in ihrem Gedankenlabyrinth verfangen hatte, zog er die Reißleine. Er machte der Frau klar, dass er in der Fortführung ihrer Beziehung keinen Sinn mehr sah. Wer die Demokratie so mit Füßen trete, sei für ihn nicht mehr tragbar.

Doro gab ihm wortlos den für sie nachgemachten Wohnungsschlüssel. Dann drehte sie sich lächelnd um und verließ die Wohnung.

„Warum habe ich kein Glück mit den Frauen, Ingrid?"

Die Schreibkraft des Kommissariats sah mit hochgezogenen Augenbrauen über ihren Computerbildschirm zu ihrem Gegenüber. Sie schaute Roland mit durchdringendem Blick an.

„Weil du immer noch Rebecca liebst! Mach's so wie ich: Bleib alleine und leg dir eine Katze zu."

Roland wusste, dass sie log und ihr Wunsch nach menschlicher Zweisamkeit riesengroß war.

Also nickte er schweigend und schrieb weiter an seinem Aktenvermerk.

Carsten Beck, Kriminalkommissar, macht sich Sorgen um seinen Vater

Carsten Beck hatte sich im Staatsschutzkommissariat etabliert und bildete mit Roland ein Team, das sich freundschaftlich verbunden war.

Der junge Polizist war gerade auf dem Heimweg von Haßfurt nach Würzburg. Die Besuche bei Laura Köpf, der Syrien-Rückkehrerin, die einmal geglaubt hatte, beim sogenannten Islamischen Staat ihre Bestimmung zu finden, hatte er, in Absprache mit dem LKA in München, reduziert. Die junge Frau hatte erhebliche Fortschritte in der Resozialisierung gemacht. Von einer Rückkehr in die salafistische Szene oder gar einer Glorifizierung des „IS“ war nichts mehr festzustellen. Selbst das ehemals angespannte Verhältnis zum Großvater hatte sich stark verbessert. Dem Vorschlag von Carsten, sich psychologische Hilfe zu holen, hatte sie schließlich zugestimmt und war dankbar, diesen Schritt unternommen zu haben.

Carstens Handy schrillte von der Mittelkonsole des Dienstautos.

„Ja! Beck am Apparat.“

„Hallo Herr Beck, hier ist Schwester Angelika von der Missionsärztlichen Klinik. Ihr Vater ist gerade eingeliefert worden. Er hatte offenbar einen Schwächeanfall und hat den Notfallknopf …“

„Geht es ihm gut?“, unterbrach Carsten die Anruferin. „Ich komme vorbei. Ich bin nur gerade noch auf der A 7, kurz vor Estenfeld. Ich …“ Carsten schwitzte, trotz minus 0,5 Grad draußen und 19 Grad im Auto.

„Beruhigen Sie sich, Herr Beck. Ihr Vater wird gerade durchgecheckt. Er ist in guten Händen. Machen Sie sich keine Sorgen und kommen Sie doch vorbei. Dann wissen wir sicher mehr."

„Danke, ja, ich bin gleich da."

Er riss sich die Sonnenbrille vom Gesicht und schleuderte sie auf den Beifahrersitz. Dann trat er das Gaspedal voll durch. Der Audi schoss auf die Überholspur an Pkws und Lkws vorbei. 210 km/h.

Die Motorhaube nickte, als Carsten das gepeinigte Fahrzeug in der Einfahrt des Krankenhauses abstellte. Die Polizeikelle auf dem Armaturenbrett signalisierte, dass ihm Parkvorschriften gerade völlig egal waren.

„Ihr Vater hat einen leichten Herzinfarkt erlitten. Wir konnten in stabilisieren. Keine Sorge, Herr Beck, wir haben alles im Griff und tun unser Möglichstes", beschwichtigte ihn ein junger Arzt, hinter dessen Designerbrille schläfrige Augen blinzelten.

„Kann ich zu ihm?" Carstens Handinnenflächen waren feucht vor Schweiß. Er rieb sie nervös an seinen Hosenbeinen trocken. Er konnte seine eigenen Körperausdünstungen riechen, die unangenehm unter den Achselhöhlen hervorkrochen.

„Ihr Vater schläft jetzt. Das ist das Beste für ihn. Wir wissen, wie wir Sie erreichen können. Sobald er aufgewacht ist, werden wir Sie anrufen. Dann sieht die Welt schon wieder freundlicher aus." Der Arzt bemühte sich, Carsten zu beruhigen, was ihm auch tatsächlich gelang.

„Danke für Ihre Mühe. Schönen Tag noch."

Im Gehen nahm er den Geruch von Tod und Krankheiten wahr. Auch die sterile Fassade und die einfallslosen Bilder an den Wänden stießen ihn ab. Er war heilfroh, als er draußen endlich die feuchte Schneeluft einsaugen konnte.

„Mama ist jetzt fünf Jahre tot. Der alte Herr hat sich gut gehalten. War doch klar, dass auch ihn irgendwann gesundheitliche Probleme einholen würden. Scheiß drauf! Irgendwie wird es weitergehen. Hoffentlich wird er kein Pflegefall", dachte der Polizist, als er nachdenklich in den Wagen stieg. Den missbilligenden Blick der Pförtnerin hatte er nicht bemerkt.

„Wie geht es deinem Vater?", erkundigte sich Ingrid mit sorgenvoller Miene.

„Danke! Er ist stabil, aber sie behalten ihn zur Beobachtung noch ein paar Tage in der Klinik."

Ihr Gespräch wurde unterbrochen vom autoritären Ruf von Klotz, ihrem Kommissariatsleiter.

„Roland! Carsten! Bitte kommt sofort in mein Büro!", bellte er über den Flur.

„Konnte sich der Chef nicht mal dazu bequemen, sich aus seinem Schreibtischstuhl zu erheben und zu ihnen ins Büro zu kommen?", dachte Ingrid und schüttelte verständnislos den Kopf.

„Ich brauche morgen zwei fähige Beamte, die eine Demo unterstützen. Ihr seid für die Aufklärung vorgesehen. Die Bereitschaftspolizei hat nicht genug Leute. Überall in dieser Republik sind Einsätze ohne Ende. Ihr wisst schon."

Roland und Carsten blickten sich an und nickten.

„Okay! Um was geht es morgen?"

„Na, um was schon?! Klima, Rassismus, Ukrainekrieg und der ganze Scheiß. Seid ihr dabei?"

„Jawoll, Chef!" Beide salutierten mit frechem Grinsen.

„Einsatzbesprechung um 10 Uhr bei der Inspektion Würzburg-Stadt. Demobeginn um 13 Uhr. Lasst nichts anbrennen bei all den Spinnern."

„Na, na, Chef. Die demonstrieren doch für 'ne gute Sache. Da stehen wir doch drüber."

„Das muss ich dir doch nicht sagen, Roland, dass da immer auch ein paar Idioten mitlaufen, auf die man ein Auge haben muss. Passt auf euch auf! Ihr beginnt euren Dienst morgen direkt in der Augustinerstraße."

„Ab Oktober laufe ich da auch mit, Kalle", sagte Roland mit einem herausfordernden Grinsen im Gesicht.

„Raus jetzt, ihr zwei Chaoten. Mann, Roland, du bist irgendwie …"

„Anders?"

„Kein …"

„Kein richtiger Polizist?"

„So meine ich das nicht. Anders halt."

„Nicht so ein Erbsenzähler wie du? Ja, da hast du recht."

„Verschwindet jetzt! Und macht mir keine Schande!"

Bevor sie am nächsten Tag in die Augustinerstraße gingen, trafen sich Roland und Carsten noch kurz in ihrer Dienststelle. Sie standen im Keller an den Waffenschränken.

„Hey Carsten, sorry, dass ich dich auf deinen Vater noch nicht angesprochen habe. Das tut mir leid mit ihm. Aber das wird schon, glaub mir. So eine Eiche, wie dein Vater eine ist, bringt so schnell nichts um."

Carsten nickte nur. „Schon gut, danke", murmelte er.

„Ich nehme nur meine Handschellen mit. Bei so vielen Menschen kannst du eh nicht rumballern. Egal, was passiert."

„Deine Entscheidung, Roland. Ich nehme meine Knarre mit. Hab mir extra ein Schulterholster gekauft. Naja, so hundertprozentig passt das Ding da nicht rein. Aber immer noch besser als die Gürtelvariante. So ganz verstehe ich deine Entscheidung nicht. Du hast doch gesehen, wie wichtig es ist, bewaffnet zu sein, wenn wieder einer durchdreht so wie der Somalier mit seiner Messerattacke."

„Carsten, die *Heckler & Koch* ist zwar super im Schießtrefferbild, aber echt scheiße in der Eigensicherung. Keine Sicherung! Ich verstehe das nicht. Mir ist das zu gefährlich!"

„Du bist einfach zu alt für das neue Spielzeug. Aber du hast es ja bald geschafft!"

„Lass gut sein. Hast du dir mal wieder ein neues Tattoo stechen lassen?"

Carsten grinste.

„Einen kleinen Schmetterling. Geil, oder?"

„An welcher Stelle flattert er?"

„Verrate ich dir nicht!"

„Ist ja eh nicht so mein Ding. Dir muss es gefallen. Und es gibt sicher genug Frauen, die auf sowas stehen."

Carsten zeigte ihm den ausgestreckten Mittelfinger.

„Los jetzt! Wir müssen nicht immer die Letzten sein."

Roland freut sich, dass Würzburg bunt ist

Der Polizist ohne Waffe schlenderte über den Bahnhofsplatz. Einige Punks vertrieben sich die Zeit mit Rauchen und schlechten Witzen. Die Fassade des Bahnhofs wirkte wie aus der Zeit gefallen. Eine matt-gelbe Riesenuhr hing an der dunklen Glasfassade wie ein eitriger Pickel. Menschen, manche trugen noch Maske, hetzten zu ihren Zügen. Andere, die dem hässlichen Bau entronnen waren, versuchten, die Trambahn zu erwischen. Sie fluchten, als diese ohne sie losfuhr, obwohl sie den Haltewunsch-Knopf noch drücken konnten. Straßenbahnfahrer und Straßenbahnfahrerinnen besaßen eine eigene Art von Humor.

Mit Blick in die Kaiserstraße hielt der heilige Kilian schützend seine Hand über die Stadt. Doch zur Sicherheit, dass die Bürger nicht vom Glauben abfallen, zeigte er warnend ein Kreuz. Auf weißem, carrarischem Marmor stand er stolz und doch filigran. In Irland geboren war der Wanderprediger mit zwei Gefährten, Kolonat und Totnan, nach Würzburg gekommen, wo man sie 689 nach Christus hatte umbringen lassen.

Der Brunnen war ein Geschenk des Prinzregenten Luitpold an die Stadt Würzburg.

In Treue fest/ist mein Wahlspruch/fest baue ich auf/die Liebe und Treue/meiner lieben Franken/Luitpold/Prinzregent von Bayern

Während der Naziherrschaft hatten die Schergen den Heiligen vom Sockel geholt, um ihn für Waffen einschmelzen zu lassen.

Doch irgendetwas musste damals schiefgelaufen sein. Im Jahr 1948 entdeckte man die Statue eher zufällig auf einem Schrottplatz und brachte sie an ihren angestammten Platz zurück. 2008/2009 verpasste man dem Brunnen eine Frischzellenkur. Endlich konnte Kilian wieder in altem Glanze erhaben über die Würzburger wachen.

Rolands Blick streifte zwei achtlos stehengelassene Bierflaschen am Brunnenrand und wanderte hinüber zum maroden Quellenbach-Parkhaus, das seinem Ende entgegensah. Der Bau glich einer rostigen Schraube, die sich mit ihren Windungen tief in die Erde bohrte, um von der Pleichach sanft umspült zu werden.

Der Polizist hatte noch etwas Zeit, da sich nur langsam die ersten Demonstranten versammelten. Also ging er durch die stilisierten Gepäckstücke, die als Mahnmal für die deportierten Juden installiert worden waren. Auf eindrückliche Weise wurde an die dunkelsten Stunden der Stadt erinnert. Und obwohl Würzburg am 16. März 1945 bitter für die Verbrechen büßen musste, verteidigten jene, die bis zu ihrem Tod an das Tausendjährige Reich glaubten, ihre Heimat und missachteten die zur Mahnung zerbombten Gerippe ihrer Häuser. Roland schüttelte den Kopf, dachte an Höcke und Gauland von der AfD, die mit grob populistischen Äußerungen die Geschichte perfide verächtlich machten.

Mittlerweile hatte sich eine größere Gruppe an Demonstranten zusammengefunden. Die Stimmung war locker und gelöst. Man scherzte und diskutierte. Auf den selbstgemalten Schildern stand: *Würzburg ist bunt/Klimagerechtigkeit/Keine Toleranz für Klimaignoranz* oder *Alles fürs Klima*. Auch die Antifa war vertreten, die keine Gelegenheit ausließ, mit antifaschistischen Aktionen auf sich aufmerksam zu machen. Bereitschaftspolizisten und Bereitschaftspolizistinnen hatten sich ihre Helme lose um die Gürtel gebunden und unterhielten sich mit einigen Kundgebungsteilnehmer und Kundgebungsteilnehmerinnen. Das Deeskalationsteam stand in ständigem Austausch mit dem Veranstalter.

„Hoffentlich reißen sich alle am Riemen. Ausschreitungen wie in Lützerath braucht hier niemand! Diese Chaoten schaden nur einer an sich friedlichen Bewegung", dachte Roland. „Ziviler Ungehorsam und aktive Gewaltanwendung sind zwei Paar Stiefel. Die Polizei setzt halt nun mal richterliche Anordnungen durch. Das ist der Preis der Demokratie. Das sollten diese sogenannten Klima-Kleber auch endlich mal kapieren!" Roland spürte die Ambivalenz in sich. Als alter, weißer Mann hat er auf Kosten des Planeten gelebt wie die Made im Speck. Und dass sich was ändern musste, davon war Roland überzeugt. Andererseits wurde er so erzogen, nicht immer alles sofort haben zu müssen. Er stellte sich nicht in der Nacht vor den *Apple-Shop*, um das neueste Handy zu ergattern. Trotzdem war er der Meinung, dass sich etwas ändern musste. Und zwar dringend. Endloses Wachstum kann es nur geben, wenn dabei Menschen zugrunde gehen.

Roland zog die Stirn in Falten und erinnerte sich an einen Einsatz als junger Bereitschaftspolizist in Nürnberg, als die Hausbesetzerszene demonstrierte und Parolen rief wie: *1, 2, 3 – Polizei! Warum seid ihr nicht dabei?*

„Oh Gott, ist das lange her“, dachte er, als er sich einen Coffee to go in der Bahnhofshalle holte. Das heiße Getränk tat bei der Kälte wohltuend gut.

Carsten meldete sich über Funk. Das Geräusch im Ohr ließ Roland kurz zusammenzucken.

„Alles klar bei dir? Ich bin jetzt in der Kaiserstraße. Halte mich auf Höhe des Abgangs zur Reisgrubengasse auf. Mensch, die Pension *Siegel* gibt es immer noch. Wir sehen uns später, okay?“

„Bis gleich. Die Leute hier sind völlig entspannt. Wird ein Easy-Einsatz. Ciao, mein Guter.“

Jetzt waren bestimmt über 500 Menschen am Vorplatz versammelt. Sie formierten sich. „Respekt!“, dachte Roland, „Das bei der Kälte!“ Er pustete warme Atemluft in seine hohle Hand. Transparente wurden hochgehalten. Die Redner mit ihren Megafonen bewegten sich an die Spitze der Meute. Trillerpfeifen verursachten einen Riesenlärm. Roland wartete am Ende des Zuges, bis sich dieser langsam in Bewegung setzte. Vorneweg ebnete ein Polizeifahrzeug mit eingeschaltetem Blaulicht die vorgeschriebene Route. Menschen blieben stehen, einige zogen angewidert ihre Mantelkrägen hoch und schüttelten missmutig ihre Köpfe.

Sie liefen in die Kaiserstraße, am putzigen Kaisergärtchen vorbei, in die Häuserschlucht der Sechzigerjahre. Langweilig. Öde. Uniform. Keine Spur mehr von den Prachtbauten vor dem Zweiten Weltkrieg, als die Straße dem Kaiser noch alle Ehre machen konnte.

Auf Höhe eines Handyladens sah Roland, am Abgang zur

Reisgrubengasse, eine buntbeklebte Litfaßsäule. Keines der Plakate sprach ihn an.

„Hey Carsten, du hast dich ja super getarnt. Kannst rauskommen. Ich bin gleich bei dir. Dann gehen wir den restlichen Weg zusammen“, sprach er gedämpft ins Mikro seiner getarnten Funkeinrichtung.

Keine Antwort.

Carsten, auf Posten

Der Demonstrationszug hatte sich noch nicht formiert, als Carsten entschied, in der Kaiserstraße, am Abgang zur Reisgrubengasse, seinen Posten zu beziehen. Er trat vor Langeweile von einem Bein auf das andere und betrachtete im Handyladen die neuesten Lockangebote. Über dem Eingang der Pension *Siegel* fixierte ein feister, glatzköpfiger Mönch voller Vorfreude ein vor sich stehendes Glas, gefüllt mit dem Gerstensaft einer Kulmbacher Brauerei. Die Farben waren bereits verblasst, dass es so aussah, als hätte ein Künstler mit Tusche experimentiert.

„Dass es diese Pension noch gibt? Wer hier wohl übernachtet? Wahrscheinlich macht der Besitzer Geld mit Flüchtlingen oder *Tinder*-Bekanntschaften, die hier ihren Neigungen nachgehen." Carsten zuckte mit den Schultern. Er ging die Stufen der Treppe zur Reisgrubengasse hinunter. „Verdammt glatt hier", dachte er. Ein Blick in jede Richtung. Alles ruhig. Keine Menschenseele weit und breit. Als der junge Polizist wieder nach oben ging, meldete sich Roland, dass es gleich losgehen würde.

Carsten zuckte zusammen. Sein Handy schrillte in einem Ton, bei dem man sofort wusste, dass etwas nicht in Ordnung war. Er fummelte es nervös aus seiner Manteltasche.

„Ja?"

„Hier Schwester Ingeborg vom Missio. Ihrem Vater …"

„Was ist mit meinem Vater?" Carstens Stimme wurde laut und zittrig. Seine Umgebung verschwamm zu einem undurchsichtigen Schleier. Er machte hektisch zwei Schritte zurück. Vergaß die Treppenstufen. Verlor den Halt. Griff ins Leere.

„Verdammt!“

Es ging alles sehr schnell. Er prallte mit dem Hinterkopf auf eine der Stufen. Das Handy flog in hohem Bogen nach hinten.

„Hallo? Herr Beck?“, rief eine verzweifelte Krankenschwester ins Nichts.

Carstens Körper rutschte einige Stufen nach unten. Ihn hatten Dunkelheit und Schwärze umfangen. Die Dienstwaffe war aus dem Holster gerutscht und die Stufen hinabgepoltert. Carsten lag da wie eine Puppe, die man achtlos dorthin drapiert hatte.

Stille.

Philip Tauber fährt zur Arbeit

Philip Tauber hatte einen Tick.

Mehrere, wenn man es genauer nahm. Wenn er einkaufen ging, kaufte er die Gegenstände immer in gerader Anzahl. Hemden, Hosen, Lebensmittel. Alles. Ungerade Zahlen brachten Unglück. Da war er sich zu hundert Prozent sicher.

Wenn er mit seinem linken Fuß zuerst auf einen Kanaldeckel trat, suchten seine Augen sogleich den nächsten, um mit seinem rechten aufsetzen zu können. Alle seine Beziehungen waren gescheitert. Und Philip Tauber wusste, dass es an seinen Ticks lag.

Nach Absprache mit seinem Chef durfte er den kleinen Lieferwagen mit nach Hause nehmen. Das Fahrzeug stand in einer Parkbucht vor dem mehrstöckigen Mietshaus.

09.00 Uhr. Der Wecker klingelte penetrant. Heute konnte er länger schlafen. Der Auftrag stand erst für die Mittagszeit an. Seine Arbeitszeiten waren flexibel. Dafür musste er manchmal bis in den späten Abend schuften.

Aufstehen. Beide Füße aus dem Bett geschwungen, sodass sie gleichzeitig auf dem Boden aufsetzten. Dehnen, strecken, gähnen, Zähne putzen – zuerst die rechte Seite. Danach Rasur und Aftershave. Obwohl er nur ein Frühstücksei verzehrte, kochte er immer zwei – hart, acht Minuten. Gerade Zahlen. Zwei Scheiben Toast mit Butter, Marmelade. Fertig. Der Wohnungsschlüssel drehte sich zweimal im Schloss – zu. Wohlbedacht ging er die Treppe hinunter. Setzte zuerst den rechten Schuh auf die Stufe. Er freute sich jedes Mal, dass er in einem Haus lebte, in dem er die Stufen mit seinem linken Bein im

Parterre beenden konnte. Der Briefkasten: leer. Logisch, war ja erst 10.00 Uhr.

Im Lieferwagen prüfte er akribisch die Außenspiegel. Er schreckte zusammen. Der Herd! Er hatte den Herd nicht ausgeschaltet! Tauber hetzte die Treppe nach oben, peinlich genau auf sein Rechts-Links-System achtend. Er schloss auf und stand vor dem Herd – ausgeschaltet. Er legte zur Sicherheit beide Hände auf die Kochfelder. Kalt, alle Schalter auf *null*. Er ging in die Hocke. Auch der Backofen war ausgeschaltet. Bingo! Runter in den Keller. Dort drückte der Mann mit dem Tick die Sicherungen für seine Wohnung nach unten. Nun konnte ihm der Strom kein Schnippchen mehr schlagen. Er presste seine Stirn gegen die Kellertür. Der Schweiß unter den Achseln kroch unangenehm durch die Arbeitsklamotten. Seine Stirn schlug auf die metallene Tür.

„Alles in Ordnung! Alles in Ordnung! Ich muss unbedingt wieder meine Therapie aufnehmen!"

Sein Hausarzt hatte ihm zuletzt geraten, Urlaub zu machen und zu verreisen. Ein Ortswechsel würde ihm Entspannung bringen. Aber so einfach war das nicht. Er hatte eh Glück, dass sein Chef über viele seiner komischen Verhaltensweisen hinwegsah.

Jetzt stand er wieder im Freien. Er betrachtete seinen blankgeputzten, blauen Lieferwagen, den er sehr liebgewonnen hatte, und atmete tief durch.

In der Fahrerkabine heizte sich sein Körper auf, obwohl der Januar mit schaudernden Temperaturen Hof hielt. Sein Blick flehte die digitale Uhr an, sich langsamer zu bewegen. Er drehte den Zündschlüssel um. Der Motor erstarb beim Versuch, sich in Gang zu setzen.

Er rannte gehetzt zurück in den Keller. Der Sicherungskasten. Hoch in die Küche. Legte die Hände auf die Herdplatten. Eilte ins Schlafzimmer. Zog einen frischen Pullover an. Raus aus der Wohnung. Endlich drehte er den Autoschlüssel. Der Motor sprang gelangweilt an.

Es war schon 11.30 Uhr. Er parkte aus und fuhr los. Sein Blick wanderte erst in den linken Außenspiegel, dann in den rechten. Nie innerorts schneller fahren als 40 km / h. Mehr würden seine Nerven nicht aushalten. Schließlich kam er in seiner Firma in der Zellerau an. Er blieb im Führerhaus sitzen, als der Lieferwagen beladen wurde. Sein Chef grüßte ihn aus dem Büro heraus, indem er mit der rechten Hand an seine Stirn tippte. Tauber antwortete mit einem Kopfnicken.

12.15 Uhr. Raus aus dem Hof, über die Friedensbrücke in Richtung Bahnhof. Sein Blick ging kurz nach links: Polizei, viele Menschen. Er registrierte die Demonstrationsteilnehmer und Demonstrationsteilnehmerinnen – Glück gehabt. Er war noch durchgeschlüpft, bevor die Straße abgesperrt wurde. Er fuhr immer noch auf der rechten Spur in den Haugerring und hielt penibel die 40 Stundenkilometer ein. Tauber atmete das erste Mal an diesem Vormittag tief durch. Kurz vor dem Berliner Ring sprang die Ampel für Fußgänger und Radfahrer auf Rot. Sanft hielt der Lieferwagen an. Weiter ging's. Vorsichtiger Blick nach links, einfädeln, Blinker rechts, Ludwigstraße. Er hielt in zweiter Reihe vor dem Finanzamt. Wieder der Blick in den Außenspiegel. Tauber griff sich das Kuvert und eilte zum Eingang. Dort stieß er die Glastür auf, legte seine Steuererklärung auf den Tisch der Rezeption und verabschiedete sich mit einem Kopfnicken.

Bei nächster Gelegenheit wendete er vorsichtig. Dann bog er von der Ludwig- in die Theresienstraße ein. Mit knappem Abstand glitt das Lieferfahrzeug an den eng geparkten Fahrzeugen vorbei in die Wallgasse. Ein freundlicher Autofahrer winkte ihm zu, sodass er bedenkenlos nach links in die Bahnhofstraße einbiegen konnte. Er nickte freundlich – rechter Hand das ehemalige Jobcenter.

Die Digitaluhr im Armaturenbrett signalisierte ihm, dass es schon 13:12 Uhr war. Jetzt musste er sich aber beeilen, um seine Ware rechtzeitig abzuliefern.

Am Zebrastreifen blickte Tauber erneut in die Außenspiegel.

Plötzlich ein dumpfer Knall! Vollbremsung!

Der Wagen pendelte aus. Philip Taubers Hände umklammerten das Lenkrad wie einen Rettungsring. Sein Blick fand keinen Fixpunkt. In seinen Gehörgängen war nur dumpfes Rauschen. Seine Augen drehten Pirouetten – auf und ab, links und rechts. Die Häuserzeile lachte ihn aus. Vor ihm auf der Straße lag ein Bündel Mensch. Eine Comicfigur drohte böse von der Jacke zu springen. Die Sonne durchdrang einen der Kirchtürme von Sankt Johannes in Stift Haug. Passanten rannten über die Straße, gestikulierten, und klopften mit erregten Gesichtern gegen das Blech der Karosse.

Endlich erwachte er aus seiner Schockstarre. Langsam öffnete er die Fahrertür.

Der Junge bewegte sich. Er lebte!

Eine Frau hatte sich ihm angenommen. Hatte seinen Kopf

in ihren Schoß gelegt und sprach beruhigend auf ihn ein. Der Bub klagte über Schmerzen im Brustbereich. Seine Nase war geschwollen. Blut lief aus den Nasenlöchern. Wo waren die Sanitäter? Ein Autofahrer hatte aus seinem Kofferraum eine Decke mit Goldfolie gebracht und den Jungen darin eingewickelt. Er zitterte am ganzen Leib. Seine Augen waren starr nach vorne gerichtet und fixierten einen imaginären Punkt. Schock! „Mama! Mama! Warum mache ich immer so viel Ärger? Ich will zu meiner Mama!“, stammelte er, kaum hörbar.

Endlich kam ein Sanitätswagen. Die Helfer übergaben erleichtert das junge Opfer an die Profis, die den Jungen zunächst im Fahrzeug durchcheckten. Dann näherte sich mit Martinshorn und Blaulicht ein Polizeiwagen. Der genervte Beifahrer ging auf Tauber zu.

„Heute kommt mal wieder alles zusammen!“, fluchte er.

Der Fahrer des Krankenwagens gab den Polizisten Bescheid, dass es nicht so schlimm aussah wie zunächst befürchtet. Sie fuhren ihren Patienten zur genaueren Untersuchung ins Juliusspital. Der Beifahrerpolizist nickte nur und nahm die Personalien von Tauber auf. Sein Kollege fotografierte den Unfallort. Von den Umstehenden hatte keiner den eigentlichen Zusammenprall gesehen.

Am Abend stand Philip Tauber unter der heißen Dusche. Das Wasser bedeutete ihm Wärme und Schutz.

Nackt und mit nassem Haar stand er in der Küche.

Dann legte er seine vom Wasser runzelig gewordenen Hände auf die Herdplatten.

Caroline Lebert machte gerade eine Pause, als …

… sie im Innenhof des Juliusspitals stand und rauchte. Aus der Ferne hörte sie das Trillern und Rufen der Parolen des Demonstrationszuges.

„Gegen was die Leute schon wieder demonstrieren?“, fragte ihre Kollegin Ines, die sich gerade eine Selbstgedrehte ansteckte. „Oder wofür?“, entgegnete Caroline. „Die Leute lassen sich nicht mehr so viel gefallen. Für die Jungen steht schließlich ihre Zukunft auf dem Spiel.“

SOLIDARITÄT hatte sich Krankenschwester Caroline längs auf den rechten Unterarm tätowieren lassen. Aus Wut und Resignation, als Corona wütete und sie sich von der Politik im Stich gelassen fühlte. Der Beifall vom Balkon ernährte nun mal keine Familie. Gerne hätte sie die Deppen, die das Virus verharmlosten, auf Station eingeladen, damit sie in ECHT sehen konnten, wie Menschen um ihr Leben rangen.

Die beiden Frauen sahen einen Krankenwagen mit ausgeschaltetem Martinshorn, jedoch mit blinkendem Blaulicht rasant in die Einfahrt zur Notaufnahme fahren. Die Sanitäter sprangen heraus und rissen die Hecktür auf. Die Frauen ahnten, dass Arbeit auf sie zukam. Eine Trage wurde herausgefahren und aufgeklappt. Auf dem fahrbaren Gestell lag ein Junge. Erst als sie die schwarze Jacke mit dem Logo des Spinnenmanns erblickte, begriff Caroline die Situation.

„Oh mein Gott! Paul! Paule! Was ist mit ihm?“, schrie sie die Helfer an. Sie stürzte auf ihren Sohn zu. Umarmte ihn. Küsste ihn. Paul lächelte und flüsterte ganz leise: „Mama, Mama.“ Dann liefen ihm Tränen die Wange hinunter, die im Verband auf der Nase versickerten.

„Keine Panik, Caro! Dein Junge ist gegen ein Auto gelaufen. Er hat Glück gehabt. Die Nase scheint gebrochen zu sein und wahrscheinlich hat er noch ein paar Prellungen. Wir fahren ihn jetzt zum Röntgen. Komm einfach mit! Einen kleinen Schock hat er auch. Paul braucht dich jetzt."

„Alles noch mal gut gegangen. Die Nase ist gebrochen. Das passiert dem besten Boxer mal." Dr. Siebeneich zwinkerte Paul zu, der gequält lächelte, aber immerhin schon wieder aufrecht sitzen konnte. „Die Prellungen sind noch schmerzhaft, aber mit mütterlicher Pflege nur halb so schlimm, nicht wahr Paul?" Paul nickte schweigend. An Caroline gewandt sagte Dr. Siebeneich, dass im Flur die Polizei wartete. Die hätten noch ein paar Fragen.

„Danke Doktor!" Caroline atmete tief durch. Sie blickte ihren Sohn mit sorgenvoller Miene an. „Paule, Paule, was machst du nur wieder für Sachen? Wir haben doch Sorgen genug!"

Sie bat ihren Sohn, auf sie zu warten. Dann ging sie hinaus zu den beiden Polizisten, die schon ungeduldig auf dem Flur hin- und hergingen. Sie nahmen von Caroline die Personalien auf. Vor lauter Aufregung erzählte sie, dass ihr Sohn an der Krankheit ADHS litt und es womöglich nur deshalb zu dem Unfall kam. Der aufnehmende Polizist zuckte unwissend mit den Schultern. Er bat darum, Paul ein paar Fragen stellen zu dürfen.

„Warum hast du nicht den Zebrastreifen benutzt, Paul?"

„Weiß nicht."

„Hast du das Auto nicht gesehen?"

„Weiß nicht. Nee!"

„Bist du gerannt? Bist du vor jemandem weggerannt? War noch jemand bei dir?"

„Weiß nicht. Nee! Niemand war bei mir!"

„Von wo kamst du? Wo warst du vorher?"

„Ich war bei Sven."

Caroline mischte sich ein.

„Sven ist der Sohn einer Mutter, die ich gut kenne. Sven und Paul gehen in dieselbe Klasse. Wenn ich arbeite, gehen die beiden zu Sven."

„Ich wollte halt vor Mama daheim sein. Ich wollte ihr was kochen, dass sie sich freut, wenn sie von der Arbeit kommt."

Caroline liefen Tränen übers Gesicht. Sie drückte ihren Sohn an sich. Der Polizist nahm alles ungerührt zur Kenntnis.

„Du bist zehn, richtig?"

„Fast elf."

„Du hast dem Fahrer von dem Lieferwagen einen riesigen Schrecken eingejagt, weißt du das?"

„Tut mir leid."

„Gut! Immerhin hast du riesiges Glück gehabt. Das hätte schlimm ausgehen können. Ich kläre den Rest mit deiner Mama, okay Spinnenmann?"

Paul lächelte das erste Mal und auch der Polizist zeigte ein freundlicheres Gesicht. Er gab Caroline den Rat, den Vorfall der Versicherung zu melden. „Reden Sie Ihrem Sohn noch mal ins Gewissen, in Zukunft besser aufzupassen. Schönen Tag noch!"

„Schönen Tag?" Caroline bedankte sich mit süffisantem Unterton.

Nun waren die beiden im Behandlungszimmer alleine. Caroline ging in die Hocke und nahm die Hände ihres Sohnes in ihre. Sie sahen sich schweigend an. Caroline konnte ihre Tränen, die unaufhörlich nach außen drängten, nicht zurückhalten. Sie schmeckte eine salzige Verzweiflung auf ihren Lippen.

„Wie soll das nur alles weitergehen, Paul? Du machst mir echt große, große Sorgen", flüsterte sie.

Sie nahm den Rest des Tages frei. Paul schlief in seinen Klamotten erschöpft auf dem Sofa ein.

Caroline ging in die Küche und schenkte sich ein Glas Rotwein ein. Randvoll. Sie trank es in einem Schluck aus.

Paul.

Sie hatten bei Paul eine ADHS, eine Aufmerksamkeitsdefizit- und Hyperaktivitätsstörung diagnostiziert. Seine Probleme in der Schule und die für ein Kind untypischen Phasen einer Depression hatten Caroline dazu gebracht, ihr Kind ärztlich untersuchen zu lassen. Sie war alleinerziehend- seit vier Jahren.

„Seine Gehirnteile kommunizieren nicht optimal miteinander", erklärte ihr eine Psychologin der Uni-Klinik Würzburg. „Paul wird an Reizüberflutungen leiden und Konzentrationsschwächen haben", prognostizierte die Fachfrau. Caroline litt sehr darunter, wenn Paul aus nichtigem Anlass begann herumzubrüllen oder, wenn es ganz schlimm war, Dinge zu zerschlagen. Sie hatte gelesen, dass *Ritalin* viele Nebenwirkungen aufwies. Aber sie wusste sich nicht anders zu helfen, also gab sie ihrem Sohn das Medikament, in der Hoffnung, dass es ihn ruhigstellte. Und tatsächlich bemerkte sie schon nach kurzer Zeit, dass Paul konzentrierter wurde und sich seine Schulnoten wenigstens im Mittelmaß einpendelten.

Leider gab es immer wieder Vorfälle, die ihre Nerven über Gebühr strapazierten. Letzte Woche hatte die Klassenlehrerin angerufen. Ihr Sohn hatte sich zum Gespött seiner Mitschüler gemacht, nachdem er sich bei Schneeregen in der Pause am ganzen Körper mit Dreck beschmiert hatte. Als die Lehrerin sie schnippisch fragte, ob sie sich schon einmal überlegt habe, ob Paul nicht die Schule wechseln wolle, verneinte sie energisch und mit der unbändigen Energie einer Mutter. Sie war sich sicher, dass sich ihr Sohn durchboxen würde. Sie würde ihm immer zur Seite stehen. Immer.

Mit Sorge beobachtete sie allerdings, dass Paul mit zunehmendem Alter spürte, dass mit ihm etwas nicht stimmte. Dass er anders war als all die anderen. Caroline verfluchte ihren Ex-Mann, der sie mit Paul alleine sitzengelassen und sich aus seiner Verantwortung gestohlen hatte.

Der Nachtdienst hatte immerhin den Vorteil, dass sie tagsüber mehr Zeit für ihr krankes Kind hatte. Und wie glücklich war sie, als Paul seinen Freund Sven fand und dessen Familie immer einsprang, wenn Not am Mann war. So wie heute.

Sie lauschte. Paul schlief. Endlich. Ein leichtes Röcheln. Sie sah nach ihm.

Ihr ein und alles.

Ihre ewige Liebe.

Die Stille nach dem Schuss

„Was war das da vorne?“ Roland war irritiert. Menschen stoben auseinander, als wäre ein Hornissenschwarm mitten in den Demonstrationszug geflogen. Leute kamen ihm mit aufgerissenen Mündern und angsterfüllten Augen entgegengelaufen. Einige suchten Deckung an Hausfassaden und Eingängen oder kauerten vor Schaufenstern. Plakate lagen auf dem nassen Asphalt. Vor panischer Angst lagen Menschen am Boden. Hielten sich schützend die Arme über die Köpfe. Hofften, nicht von einem unsichtbaren Feind angegriffen zu werden. Andere stürmten ohne Rücksicht in Geschäfte, die noch geöffnet hatten. Die Spitze des Zuges hatte bereits die Juliuspromenade erreicht und offensichtlich von den Vorkommnissen weit dahinter nichts mitbekommen. Roland wurde mulmig zumute. Er spürte instinktiv, dass etwas Schreckliches passiert war.

„Hoffentlich nicht wieder so ein Durchgeknallter, der Amok läuft“, dachte er noch, als das Martinshorn eines Rettungswagens in seine Gehörgänge drang. Das Blaulicht prallte vom Putz der Häuser ab oder verfing sich in den Schaufensterscheiben. Ungefähr 50 Meter vor ihm stoppte das Fahrzeug. Sanitäter und eine Notärztin sprangen heraus. Roland beschleunigte seinen Schritt. Jetzt hatte er sich der Situation genähert. Eine leblose Frau lag am Boden. Um ihren Kopf hatte sich eine rote Lache ausgebreitet. Roland erkannte ein hässliches Loch in der linken Schläfe, aus dem immer noch Blut pochte.

Roland schubste einige Neugierige zur Seite, die sich nicht von ihrer Angst beherrschen ließen. Eine Frau stand stocksteif wenige Meter neben der Leblosen und schrie hysterisch, Blutspritzer im Gesicht. Ein Passant legte sein Schild mit der Aufschrift *Ignorance kills!* auf den Boden. Er nahm die Frau behutsam in seine Arme und drückte sie an sich, bis sich ihre Steifheit lockerte und in ein Zittern und Schluchzen überging. Die Blicke der beiden gingen ins Leere. Sie hatten noch nicht begriffen, was vor sich gegangen war. Auch Roland irrlichterte an ihnen vorbei.

„Ich bin Polizist! Lassen Sie mich durch!“, herrschte er die Leute an.

Die Notärztin hielt den Kopf der Frau, deren Augenlider geschlossen waren. Ihr linker Arm lag auf dem Bauch. Der rechte war ausgestreckt neben ihrem Körper. Es schien, als schliefe sie. Wäre da nicht diese Masse an Blut, das aus ihr strömte. Die blauen Latexhandschuhe der Ärztin waren bereits vom Ausfluss besudelt. Sie drehte sich zu Roland um. Mit einem scharfen Ton, den er der zierlich wirkenden Frau nicht zugetraut hatte, herrschte sie ihn an.

„Sorgen Sie sofort dafür, dass hier alles abgesperrt wird! Die Frau wurde offenbar erschossen. Wir können nichts mehr für sie tun!“

„Erschossen? Erzählen Sie keinen Unsinn!“ Roland wurde kurz schwarz vor Augen. Sein Herz klopfte und sein unterer Rücken machte sich bemerkbar. Wie immer, wenn er Stress ausgesetzt war.

„Leider nein“, flüsterte die Notärztin und schüttelte resigniert ihren Kopf.

Roland war wieder voll da. Über Funk beorderte er Einsatzkräfte an die Örtlichkeit. Die Einsatzzentrale bestätigte, dass die Kripo unterwegs sei.

Die Bereitschaftspolizei hatte irrsinnig schnell und professionell einen Absperrring um den Tatort aufgebaut.

„Wo verdammt ist eigentlich Carsten?“, schoss es Roland durch den Kopf. „Der hätte doch auf jeden Fall etwas mitbekommen müssen!“

Am Funk war sein Kollege nicht zu erreichen. Rolands Blick jagte gehetzt zur Litfaßsäule, als plötzlich eine Frau panisch schrie: „Da unten liegt noch einer! Und eine Pistole!“ Entsetzen war in ihr Gesicht geschrieben. Sie hielt sich heulend die Hände vor das Gesicht. Roland hatte ein ganz und gar beschissenes Gefühl im Magen, als er zum Treppenabgang rannte.

„Oh, mein Gott!“, entfuhr es ihm, obwohl ihm sein Schöpfer über all die Jahre nicht oft an seiner Seite gestanden war.

Er sah seinen Kollegen gekrümmt auf den untersten Stufen der Treppe liegen. Er regte sich nicht. Das Handy lag neben ihm. Und tatsächlich: Unten auf dem Asphalt der Reisgrubengasse sah er die Pistole.

„Carsten ist tot!“ Der Gedanke durchfuhr ihn wie ein Stromstoß. Er kniete sich neben ihn. Fühlte den Puls am Hals. Er lebte! Seine Wollmütze hatte den Sturz wahrscheinlich etwas abfedern können. Trotzdem klaffte eine kleine Platzwunde darunter hervor. Die rechte Gesichtshälfte war blutverschmiert. Als Roland seine Hand von Carstens Hinterkopf hervorzog, hatte auch er Blut an den Fingern. Plötzlich kam wieder Leben in den Bewusstlosen. Er stöhnte vor Schmerz.

„Carsten! Was in aller Welt ist passiert?“

„Ahh! Tut das weh! Roland? Was ist passiert?"

„Das frage ich dich gerade."

„Keine Ahnung! Ich war wohl weggetreten. Diese Scheißtreppe. Und mein Vater …"

„Bleib liegen und halt den Mund. Jede Anstrengung tut dir nicht gut. Ich rufe die Sanis!"

Roland wählte die *112*.

„Jetzt haben wir auch noch einen verletzten Kollegen hier in der Reisgrubengasse. Beeilt euch! Ob es einen Zusammenhang mit der Toten in der Kaiserstraße gibt? Ihr seid vielleicht lustig! Keine Ahnung. Das ist alles ein riesiges Durcheinander hier!"

Roland blickte seinen Kollegen mit sorgenvoller Miene an und atmete seufzend aus. Mit seinem Handy machte er Fotos von Carsten, seiner sichtbaren Wunde, der Lage des Handys und der *Heckler & Koch*. Als er sich erschöpft an die Mauer der Pension *Siegel* lehnte, glaubte er gesehen zu haben, wie sich im ersten Stock des gegenüberliegenden Hauses ein Vorhang bewegt hatte. Doch er war zu durcheinander und sofort abgelenkt, als schon wieder ein Sanitätsfahrzeug mit Einsatztönen heranbrauste.

Schneeregen hatte eingesetzt. Auch das noch. Mit einem Taschentuch hob er Carstens Handy auf und ließ auch die Dienstwaffe in seine Manteltasche gleiten. Als die Sanitäter Carsten notversorgten, bevor sie ihn in den Rettungswagen brachten, holte Roland die Waffe noch einmal hervor. Er ließ das Magazin aus dem Schacht fahren.

„Verdammter Mist! Carsten! Was zur Hölle ist hier passiert?!"

Von Carsten war nur noch Stöhnen zu vernehmen, als die Johanniter ihn auf die Trage hievten.

„Wo bringt ihr ihn hin?“

„Ins Juliusspital. Die Uni-Klinik ist ausgelastet.“

Roland nickte. Dann sah er aufs Magazin. Er zählte die Patronen. Eine fehlte. Und dann fand er die herausgeworfene Hülse, die wenige Zentimeter von einem Gullydeckel entfernt lag.

Roland blickte mit leerem Blick über die Stufen hinweg nach oben zur Kaiserstraße. Der Winkel würde passen. Er hatte bestürzt gefühlt, dass der Lauf der Waffe lauwarm gewesen war.

Der Polizist stand unbeweglich da, als wäre er ein eingefrorenes Standbild. So wartete er auf die Kollegen von der Kripo, um ihnen die sichergestellten Sachen zu übergeben.

In der Kaiserstraße war es unnatürlich still geworden.

Wer sagt es Carsten?

„Danke Schwester Caroline. Schönen Tag noch." Roland legte den Hörer sanft zurück in die Telefonschale.

„Und?" Ingrid zappelte nervös auf ihrem Stuhl.

„Ich hole Kalle noch dazu. Dann muss ich nicht alles doppelt erzählen. Aber soweit wohl alles okay."

Klotz, der Kommissariatsleiter, stand bereits unter dem Türrahmen und sah Roland fragend an.

„Die Krankenschwester hat gesagt, eigentlich dürfe sie mir am Telefon keine Auskunft geben, aber Carsten hat wohl eine Gehirnerschütterung davongetragen und eine Rippe gebrochen. Die Platzwunden sind geflickt und er ist sogar schon zu Späßchen aufgelegt. Sie behalten ihn auf jeden Fall noch bis morgen drin."

„Späßchen? Der spinnt wohl! Mir jedenfalls ist nicht nach Spaßen zumute!" Klotz zürnte mit hochrotem Kopf. „Dem ist offenbar nicht klar, was alles auf ihn zukommen wird." Als er sah, dass ihn die Kollegen und Ingrid schweigend ansahen, presste er hervor: „Na, immerhin scheint er ja glimpflich davongekommen zu sein. Rein physisch, meine ich." Im Gehen drehte er sich nochmals um.

„Die Kollegen vom LKA München sind beauftragt worden, die weiteren Ermittlungen zu übernehmen. Die wollen morgen um 11 Uhr eine erste Vernehmung mit Carsten durchführen. Roland, wir beide sind auf jeden Fall eine halbe Stunde früher dort." Sprach er und war wieder in seinem Bürozimmer verschwunden.

Roland blickte Ingrid an, die traurig lächelte.

„Hätte ich ihm jetzt nicht zugetraut, dass er vor Eintreffen des LKA bei Carsten sein möchte“, sagte Roland. „Das wird für uns alle eine schwierige Zeit. Zumal er sich offensichtlich an gar nichts erinnern kann. Blackout! Kann vorkommen.“

„Richte ihm bitte ganz liebe Grüße aus“, bat Ingrid.

Klotz und Roland liefen zu Fuß zum Juliusspital. Bei dem Verkehr in Würzburg im Auto zu sitzen, würde ihre Laune noch tiefer in den Keller befördern , als es ohnehin schon der Fall war.

Als sie in die Juliuspromenade einbogen, brach Klotz das Schweigen.

„Das ist ein echt beschissener Fall, Roland. Die Antifa hat schon reagiert: *Unschuldige Demonstrantin stirbt durch Bullenkugel.* Das und noch viel mehr von dem Mist kannst du in den asozialen Medien nachlesen. Da kommt was auf uns zu, glaub mir!“

„Stimmt! Die LKA’ler sind nicht zu beneiden. Meinen Aktenvermerk habe ich fertig geschrieben. Den bekommen die dann zugestellt.“

Klotz nickte nur und war mit seinen Gedanken ganz woanders.

„Na? Maskenball? Kommt rein!“

Carsten grinste unschuldig, verzog aber gleich wieder das Gesicht, als sich seine lädierte Rippe bemerkbar machte.

„Hallo Carsten, die Masken müssen wir noch aufsetzen. Ist Pflicht hier im Krankenhaus. Wie geht es dir?“ Klotz versuchte einfach nur freundlich zu sein, aber seine Nervosität war greifbar.

Außer dem jungen Polizisten war kein weiterer Patient im Zimmer. Privatversichert.

„Meine Krankenschwester ist total nett. So tolle Augen! Aber wisst ihr was? Auch der ist was Komisches passiert: Als ich eingeliefert wurde, ist ihr Junge angefahren worden. Aber Gott sei Dank ist nix Schlimmeres passiert. Prellungen und Schock. Da war gestern offenbar was los! Und meinem Vater geht es auch wieder ganz gut. Ich habe gerade mit dem Missio telefoniert. Schön, dass ihr mir einen Besuch abstattet."

Carstens Redeschwall irritierte die beiden. Sie sahen sich verständnislos an. Wie konnte sich jemand um seinen Vater kümmern, so gut drauf sein und sich trotzdem angeblich nicht an den Vorfall von gestern erinnern?

„Schön ist anders. Du sitzt tief in der Tinte, Carsten!" Roland hielt es nicht mehr aus. Er erntete von Klotz einen entsetzten Blick. „Bitte, Roland! Nicht! Das LKA!"

Carsten schaute Roland fragend an: „LKA? Was soll das bedeuten? Jetzt sagt schon!"

Aus Roland platzte es heraus.

„Aus deiner Dienstwaffe wurde ein Schuss abgegeben und eine Demonstrantin tödlich getroffen. Bitte, Carsten, sag uns, dass du das nicht warst! Dass du keinen Blödsinn gemacht hast!" Roland flehte den Verletzten an.

Klotz schaute auf die Uhr. Zehn vor elf.

Carstens gute Laune war wie weggeblasen. Das Gerät mit den blinkenden Kurven zeigte anschaulich, wie der Blutdruck rasant anstieg. Er versuchte sich im Bett aufzurichten. Der Schmerz zwang ihn jedoch wieder zurück.

„Verarsch mich nicht, Roland. Ich kann diese Art von Scherzen jetzt nicht gebrauchen! Ich weiß von gestern überhaupt nichts mehr. Das macht mich wahnsinnig. Ich erinnere mich erst an den Moment, als ich hier in die Notaufnahme geschoben wurde. Jetzt sagt schon! Ihr verarscht mich doch!“ Er sah, dass beide Besucher ihre Augen in die Ferne gerichtet hatten.

„Bitte sagt mir, dass ihr mich auf den Arm nehmt“, flüsterte er. Dann lachte er hysterisch auf. Verzog das Gesicht zu einer Fratze. Griff sich an die Stelle, an der sich die gebrochene Rippe bemerkbar machte. Seine Augen wanderten von einem zum anderen. Klotz straffte sich, schließlich war er der Chef. 10.56 Uhr.

„Nein Carsten. Leider machen wir keine Witze. Die Kollegen vom LKA aus München kommen jeden Moment und wollen dich vernehmen. Am besten für uns alle, für dich und auch für die Stimmung auf der Straße wäre es, wenn du reinen Tisch machst. Ich unterstütze dich jederzeit. Nimm dir einen Anwalt.“

„Anwalt? Was soll ich mit einem Anwalt?“, schrie Carsten, der gerade begriff, was da auf ihn zurollte. Er schwitzte. Trotz der Schmerzen saß er aufrecht im Bett. Angst! Nackte Angst kroch in seinem geschundenen Körper hoch und ließ die Sinuskurven auf der Apparatur durchdrehen.

„Kapiert ihr es nicht? Ich kann mich an nichts erinnern! An nichts! Das Letzte, was ich weiß, ist, dass die Klinik wegen meines Vaters angerufen hat. Dann muss ich gestolpert sein und, zack, war es dunkel. Erinnerung weg. Wie nach einem Vollrausch.“ Er schaute aus dem Fenster. Eine Leere machte sich in ihm breit. Der graue Himmel passte zu seiner Gefühlslage. „Was verdammt noch mal ist passiert?“, flüsterte er wieder. „Du weißt, dass ich niemals mit einer Waffe herumspiele!“ Er sah Roland vorwurfsvoll an.

„Ich weiß. Ich glaube dir ja, aber …"

„Aber was? Scheiße, kein Aber!"

„Es spricht eben zurzeit alles dafür, dass du, wie auch immer, in diese verfluchte Sache verwickelt bist. Aber …" Roland machte eine Pause. „Aber ich glaube dir!"

Carsten schlug sich mit der Faust gegen die Stirn, als die Tür geöffnet wurde. Eine attraktive Krankenschwester blickte Klotz und Roland vorwurfsvoll an.

„Sie warten besser kurz draußen. Was geht nur in Ihnen vor, einen Patienten so aufzuregen?!"

Als die beiden Würzburger Beamten den Raum verließen wie zwei geprügelte Hunde, sahen sie im Flur einen älteren Mann und eine junge Frau, die in ihre Richtung liefen. Das Vernehmungsteam des LKA München. Sie stellten sich als Hümmer und Kollegin Strasser vor.

Die Krankenschwester öffnete die Tür. Sie schaute die Neuankömmlinge sehr skeptisch an.

„Bitte gehen Sie mit Herrn Beck etwas sensibler um als diese beiden Herren!"

Bevor die beiden Ermittler aus München das Patientenzimmer betraten, drehte sich Hümmer noch mal um.

„Danke für eure Vorarbeit. Wenn wir euch für Vernehmungen und Befragungen brauchen, kommen wir auf euch zurück. Ihr könnt jetzt gehen! Die Vernehmung hier machen wir alleine. Ist immer unangenehm, gegen einen Kollegen zu ermitteln. Vor allem, wenn es sich um einen so schweren Verdachtsfall handelt. Das könnt ihr uns glauben. Passt's auf, dass euch die Linken nicht eure schöne Stadt abfackeln. Servus!"

Im Flur mit dem sterilen Licht und dem Geruch nach Desinfektionsmitteln atmete Klotz schwer. Er blieb stehen und stützte sich mit der rechten Hand an der mintgrünen Wand ab.

„Alles in Ordnung, Kalle?“

„Danke, geht schon“, stöhnte der Chef.

„Ich lass nicht locker, Kalle, bis ich rausgekriegt habe, was da auf der Treppe tatsächlich passiert ist. Das bin ich Carsten schuldig. Der ist so pflichtbewusst und korrekt. Der ballert nicht grundlos durch die Gegend. Irgendwer war dort und hat mit Carstens Knarre geschossen. Ich bekomme das raus! Ich schwöre! Und wenn es das Letzte ist, was ich in meiner restlichen Zeit noch machen werde.“

„Es gibt keine Zufälle, Roland. Meine Rückendeckung hast du. Nur, hol Carsten aus dieser verflixten Schusslinie!“

Als die Münchener Beamten das Krankenzimmer verließen, diskutierten sie erregt miteinander und bemerkten die Krankenschwester nicht, die ihnen irritiert nachsah.

Hümmer trug einen Plastiksack mit Kleidung von Carsten. Strasser hatte akribisch Proben von seiner Hand und seinen Haaren genommen. Der Beschuldigte hatte die Prozedur stoisch und erschöpft über sich ergehen lassen. Er war sich sicher, dass sie keine Schmauchspuren oder Schwermetalle wie Barium und Antimon finden würden. Schließlich hatte er doch nicht geschossen. Oder? Er konnte es nur hoffen. Dieses Loch, dieses verdammte schwarze Loch. Er konnte es nicht durchdringen. Seine Gedanken rotierten. Er warf den Kopf hin und her. Lag in seinem Schweiß. Ihm war übel vom eigenen Gestank.

Er wusste selbst nicht, ob er unschuldig war.

Caroline, die Krankenschwester, bewegte sich mit sanftem Schritt auf ihn zu. Seine Augenlider zuckten nervös. Tränen trieben hinab auf seine Wangen.

„Was für ein gutaussehender Mann", dachte die Krankenschwester. Sie nahm seine rechte Hand in die ihre und drückte sie ganz fest. Ihr Daumen strich sanft über die zart behaarte Haut des Polizisten. Carsten schlug die Augen auf. Schlieren trübten seinen Blick. Er sah eine Frau, die hinter einem Schleier aus Tränen saß und ihn tröstete.

„Ich soll eine Frau erschossen haben", stotterte er. „Bei einer Demo. Aber das ist absurd! Ich bin doch kein Narr. Ich bin doch kein Mörder, der mit Waffen spielt! Und da ist dieses Loch. Dieses schwarze verfluchte Loch, das meine Erinnerung gefressen hat!"

Sein Blick war ein einziges Flehen.

„Glaubst du mir? Ich bin unschuldig! Ich verstehe das alles nicht! Bitte glaube mir!"

Caroline schwieg. Sie nickte. Der Mann lag da wie ein unschuldiges Kind. Sie dachte an ihr eigenes. Der Unfall. Dieses ADHS. Sie nickte noch mal.

Der Mann gefiel ihr.

Sie beschloss, ihm zu glauben.

Caroline grübelt

Schichtende.

Geduscht und müde rauchte sie eine letzte Zigarette auf dem kleinen Balkon, der verschämt in den Hinterhof ragte.

Ihre Gedanken kreisten um den jungen Polizisten, bei dem sie im Begriff war, sich in ihn zu verlieben.

Wenn er entlassen wurde, wollte er sich mit ihr auf einen Kaffee treffen. Lächelnd hatte sie das Angebot angenommen. Doch in ihre Gedanken schlich sich wie ein dreister Dieb ihr Sohn Paul.

Sie schämte sich, dass der Junge aufkommende Zweifel befeuerte. Sie fragte sich, ob Carsten, der genug eigene Probleme verarbeiten musste, in der Lage wäre, mit Pauls Krankheit klarzukommen. Wer kannte schon ADHS? Wer wusste schon, welche Belastungen auf ihr als alleinerziehende Mutter lagen? Probleme! Immer wieder Probleme! Mit der Schule. Mit anderen Kindern. Mit den Mietern im Haus. Ihre beste Freundin sagte vor ein paar Wochen, sie dürfe sich nicht selbst vergessen. Ein gesunder Egoismus sei doch völlig in Ordnung. Wahrscheinlich hatte sie recht und jetzt war es an der Zeit, ihrem Ego wieder einmal Auslauf zu gönnen. Und wer weiß, vielleicht machte sie sich zu viele Gedanken und Carsten und Paul würden sich gut verstehen? Sie lächelte. Alles würde gut werden. Sie malte sich eine Zukunft aus, die sich gerade in die Startblöcke gebückt hatte. Sie versuchte, den Dämon, der hinter ihnen lauerte, zu verscheuchen. Sie zündete sich noch eine Zigarette an. Sie hatte aus dem Kühlschrank eine Flasche Wein geholt und sich eingeschenkt. Ihre

Gedanken machten noch einmal kehrt und ließen die Anfänge von Pauls seltsamem Verhalten lebendig werden.

Dass mit Paul etwas nicht stimmte, bemerkte sie, als ihr Sohn von der ersten in die zweite Klasse wechselte. Er wirkte unkonzentriert und fahrig. Sie machte zunächst ihren Ex-Mann dafür verantwortlich, der sie beide auf eine schäbige Art verlassen hatte. Caroline dachte pragmatisch nach und suchte schließlich die Schulpsychologin auf. Sie erinnerte sich genau, wie sie versteinert auf dem unbequemen Stuhl in diesem schmucklosen Zimmer saß und den geäußerten Verdacht, ihr Kind leide an ADHS, langsam durch ihre Gehirnwindungen fließen ließ. Sie ahnte natürlich schon länger, dass mit Paul etwas nicht stimmte. Als Mutter spürte man so etwas. Aber sie wollte es einfach nicht wahrhaben. Paul war auffällig quirlig, sehr bewegungsfreudig und langweilte sich schnell, kaum dass er sich mit etwas beschäftigt hatte. Ihr Kind war hyperaktiv. Die Psychologin sagte, dass sie sich nicht schämen sollte, einen Neurologen aufzusuchen. Sie schaltete auch einen Heilpädagogen ein. Immer wenn Caroline hoffte, die Diagnose würde weniger deprimierend ausfallen, bestätigten alle Fachleute, dass Paul an ADHS litt. Aufmerksamkeitsdefizit-/Hyperaktivitätsstörung. Damals begann sie, Paul Ritalin zu verabreichen. Es galt als Allheilmittel. Schließlich wechselte sie zu Atomoxetin-Strattera. Seitdem ging es ihm besser. Mit Ritalin war ihr Junge bedenklich abgemagert. Er hatte an Appetitlosigkeit gelitten und sein Verhalten hatte wie eine Glühbirne, die man vorsichtig herunterdimmte, gewirkt. Erschrocken hatte die Mutter reagiert, als man ihr die Leberwerte ihres Sohnes beim

Arzt eröffnete, und noch erschrockener, als ihr dessen Kollegin sagte, dass sie nur die Wahl zwischen Cholera und Pest hatten.

Sie konnte sich noch gut an die Situation erinnern, als Paul kurz vor dem Einschlafen war und ihr fragend zuflüsterte: „Mama, dieses Ritalin, macht mich das irgendwann wieder gesund?" Caroline hatte hilflos genickt und ihre Träne schnell weggewischt. Paul streichelte ihr über die Wange und Caroline war so verdammt stolz auf dieses Bündel Liebe. Das Medikament hatte wie ein Bremspedal gewirkt, weil es Pauls geistige und körperliche Entwicklung deutlich entschleunigte. Erleichtert hatte sie gerade noch rechtzeitig zur Kenntnis genommen, dass die neu verabreichte Medizin einen deutlich positiveren Einfluss auf Paul hatte.

Caroline war leicht beschwipst und verfluchte, mal wieder, ihren Ex, der sich einen Scheißdreck um die Probleme seines Sohnes kümmerte und die Last auf ihre Schultern ablud. Sie wünschte ihm Krankheit, Leid und Trauer an den Hals.

Ihre Eltern waren leider keine große Hilfe. Sie wussten und wollten nicht wissen, was die Krankheit ihres Enkels bedeutete. Pauls Oma schimpfte ihn nur genervt einen *Zappelphilipp*.

Noch ein Schluck Wein. Noch eine Zigarette. Die Kühle dieses Januarabends schien nicht zu ihr vorzudringen.

Sie war niemand, die den Kopf in den Sand steckte. Für sie war ein Glas Wasser immer halb voll, nie halb leer. Daher begannen Mutter und Sohn gemeinsam eine Verhaltenstherapie. Paul schaffte tatsächlich die fünfte Klasse. Er sprach begeistert davon, die Realschule besuchen zu wollen. Caroline motivierte ihn und war guter Dinge, dass er das auch schaffen würde.

Sie drückte die vierte Zigarette aus. Sie ging ins Wohnzimmer zurück und bemerkte erst jetzt, dass die Kälte ihrem Körper doch zugesetzt hatte. Sie stellte ihr Glas in die Spüle, ging ins Bad und putzte sich die Zähne. Dann öffnete sie die Tür von Pauls Zimmer. Sie streichelte dem Schlafenden zärtlich über die Haare und küsste seine Narbe auf der Nase. Sie schlüpfte zu ihm ins Bett und schlief schließlich bei ihm ein.

Antifaschistische Reflexe

Die Straßenbahn glitt teilnahmslos über den noch schwach sichtbaren Blutfleck in der Kaiserstraße hinweg. So, als hätte die Tötung nie stattgefunden. Während die einen zu ihren Zügen hetzten, spuckte der Bahnhof die anderen aus und trieb sie in die Stadt, damit sie ihrem Konsumhunger frönen konnten. Als sei nie etwas geschehen, aßen sie zufrieden ihre Döner oder Glutamat-verseuchten Nudeln vom Asiaten.

Niemand nahm Notiz von diesem Trupp junger Menschen, die am ehemaligen Tatort ein rotes Herz gemalt hatten. Sie verstreuten Blumen und legten ein Schild ab:

WARUM? Würzburgs Polizisten: Mörder & Rassisten!
Gegen Polizeigewalt und staatliche Willkür!
Gerechtigkeit für eine von uns!

Lana, Samira, Anni, Marc, Timo und Jannis. Sie schwiegen sich lautstark an. Reckten die linke Faust in die Höhe. Dann gingen sie davon. Ihnen war egal, dass manche Spießbürger verständnislos den Kopf schüttelten.

„Ich schwöre, das ist so ein *NSU* 3.0-Ding!“, sagte Timo mit seinem nuschelnden Klang in der Stimme. Dabei zog er an seiner Selbstgedrehten und blies den Rauch in Richtung Samira, die heftig mit den Armen wedelte.

„Scheißegal, was es ist! Wir haben jetzt die Schnauze voll von dem Bullenterror. Gerade du, Samira, hast doch genügend leidvolle Erfahrungen machen müssen. Immer kontrollieren sie dich, nur weil du Schwarz bist!", redete sich Jannis in Rage.

„Geht mir mit meinen Dreadlocks doch genauso", stimmte Marc zu und trank einen Schluck aus seiner *Hofbräu*-Flasche.

Anni schaute Marc an. Sie überlegte kurz.

„Also Marc. Ich wollte dir das schon länger mal sagen. Das mit deinen Dreadlocks …"

Der Angesprochene stieß kurz auf. „Ja?"

„… das ist, ähm, kulturelle Aneignung. Du kopierst den Stil der Rastafaris auf Jamaica. Hast du dich damit mal auseinandergesetzt?"

„Klar! Ich bin Antifaschist wie wir alle!"

„Das genügt nicht, Alter. Wir können nicht unserer Philosophie folgen und dann andere Kulturen kopieren, die von den Imperialisten immer nur ausgenutzt werden. Wenn du schon die Haare so trägst, solltest du endlich mal aktiv etwas tun!", stänkerte Jannis. Er legte nach. „Nur mit deinen Graffitis, die eh keiner wahrnimmt, ist es nicht getan!"

„Und was schwebt dir in deinem schlauen Akademikerkopf vor?", ätzte Marc zurück.

Die Gruppe schaute sich betreten schweigend an.

„Wir zünden eine Bullenkarre an!", sagte Lana kühl. Sie ging einfach weiter, tippte in ihr Handy den Anarcho-Punk von Ska-P ein und verzog ihre Lippen zu einem diebischen Lächeln.

Klotz las Posts in den einschlägigen sozialen Medien. Er trommelte nervös mit den Fingern auf einem roten Aktendeckel der Staatsanwaltschaft.

„Ich habe es geahnt. Da braut sich etwas zusammen."

Er schrieb eine Art Brandbrief an die Polizeiführung im Präsidium, fügte entsprechende Screenshots ein und bat dringend um die Erlaubnis, im „linken Spektrum" intensive Kontrollen durchführen zu dürfen.

Der Ton auf der Straße war rauer und schärfer geworden. Graffitis wie *Würzburg muss brennen* oder *Bullenschweine wolln wir keine* waren vermehrt zu lesen. Das obligatorische *ACAB (All cops are bastards)* verunzierte die Fassaden der Polizeidienststellen.

Der Kommissariatsleiter hatte kein Verständnis für eine ablehnende Haltung gegenüber der Polizei.

In seinem Kopf spukte immer noch der Verdacht herum, Carsten Beck hätte doch Blödsinn mit seiner Waffe angestellt und den Schuss abgegeben. Ein bisschen schämte er sich für seine Gedanken. Er erinnerte sich an einen Gruppenführer bei der Bereitschaftspolizei Ende der 70er Jahre, der sich im Fernseher einen Western mit John Wayne angesehen hatte und sein Idol kopieren wollte. Im Rahmen eines Duells zog er ganz in Manier eines Scharfschützen die Waffe. Die Kugel durchschlug den Heizkörper und flutete das Zimmer des Unteroffiziers vom Dienst. Klotz atmete tief durch. Er griff in die Schublade seines Schreibtischs und entnahm eine Schlaftablette, um seine aufkommende Unruhe zu besänftigen. Hätte seine Haut keine Poren, würde er innerlich ertrinken.

„Hoffentlich geht das alles noch gut aus", murmelte er.

Dabei dachte er an seine weitere Karriere und öffnete instinktiv den Aktendeckel der Staatsanwaltschaft.

Er sollte sich gehörig täuschen.

Auf den Parkplätzen vor der St.-Ursula-Schule, gegenüber der Polizeiinspektion Würzburg-Stadt, parkte bereits seit dem frühen Morgen ein Kastenwagen, der als Campmobil diente. Der Strafzettel war von der immer wiederkehrenden Schneegraupel durchgeweicht.

In die Augustinerstraße hatte sich langsam die Dunkelheit geschlichen. Es war 18 Uhr. Die Straßenbahnschienen reflektierten das Licht der Laternen. Das dunkle Kopfsteinpflaster glitzerte, als fünf dunkel gekleidete Personen vor dem Wohnmobil standen und durch die seitliche Schiebetüre ins Innere schlüpften. Sie blickten sich hektisch nach allen Seiten um. Doch die wenigen Menschen, die unterwegs waren, nahmen von ihnen keine Notiz. Sie hatten ihre Gesichter in hochgeschlagene Mantelkrägen verborgen und waren froh, ins Warme zu kommen.

Von der Gruppe fehlte allerdings einer – Jannis. Er gab vor, Magenprobleme zu haben.

Samira schenkte aus einer Thermoskanne Tee in die hingehaltenen Tassen ein. Nur Timo lehnte dankend ab. Er war der Auserkorene. Sie hielten Streichhölzer in ihren Händen. Timo hatte das Kürzere gezogen. Er schwieg schon den ganzen Tag. Tastete im Minutentakt hektisch seine Taschen ab. In einer befand sich der geklaute Nothammer aus der Straßenbahnlinie 5. Ihre Handys hatten sie zuhause gelassen. Sicher war sicher.

„Was hast du deinen Eltern gesagt, als du dir das Wohnmobil geliehen hast?"

Anni grinste. „Ich habe denen erzählt, dass ein Freund 30 wird und der keinen Platz zum Pennen hat. Und da sie nicht wollen, dass ich betrunken Auto fahre, war es für sie sicherer, ich schlafe im Bus. Sie wissen, dass ich das Teil chauffieren kann, ich war schließlich letztes Jahr damit in Slowenien beim Wandern."

Marc nickte anerkennend. Samira verteilte selbstgebackene Kekse. Timos Atem ging flach. Seine Hände zitterten. Er schob sie unter seine Oberschenkel. „Wir müssen leiser reden", flüsterte er.

„Hier! Das wird dich beruhigen!" Marc hielt Timo einen Joint hin.

„Spinnt ihr? Hier drin wird nicht geraucht! Meine Alten machen mir die Hölle heiß!" Anni war außer sich. Sie blickte Timo scharf an. „Reiß dich jetzt zusammen. Wir ziehen das durch. Und zwar gemeinsam. Leg dich hin und schlaf 'ne Runde. Wir wecken dich, wenn es soweit ist. Es geht jetzt um etwas Größeres als dein mimosenhaftes Getue."

Lana schaltete sich ein.

„Wer so eine große Klappe hat wie du, der muss auch Taten folgen lassen!" Ihre Worte duldeten keinen Widerspruch.

Sie schwiegen. Blätterten lustlos in Zeitschriften. Aßen ihre mitgebrachten Sandwiches. Anni hatte die Standheizung eingeschaltet und die Fenster mit den Jalousien abgedunkelt. Die Zeit tropfte zäh durch die Sanduhr.

03.30 Uhr.

Lana stupste Timo an und vergewisserte sich, dass die anderen auch wach waren. Anni lupfte die Jalousie von einem der hinteren Fenster an. Alles ruhig. Hinter den beleuchteten Fenstern sah man eine Polizistin zu einem Schrank gehen. Die Straße schien ausgestorben zu sein.

03.50 Uhr.

Ein Scheinwerferkegel leuchtete die Einfahrt zur Polizei aus. Aus der Neubaustraße kommend fuhr ein Fahrzeug in die Augustinerstraße ein. Der Adrenalinspiegel der fünf stieg an. Dann huschte das Auto mit der blauen Lichtmütze auf dem Dach an ihnen vorbei und bog forsch in den Vorhof der Inspektion ein. Die Fahrertür flog auf. Hinten links stieg ein weiterer Polizist aus. Gemeinsam eilten sie zur rechten Hintertür des Streifenwagens. Ihre Arme griffen ins Innere. Dann zogen sie mit großer Kraftanstrengung einen offensichtlich Betrunkenen heraus. Der Typ schimpfte lallend und hustete ein irres Lachen. Eingerahmt von den Beamten wurde er zum Eingang geschleift. Der Pförtner, ein alter grauhaariger Mann, grinste wissend und hielt ihnen die Tür auf. Er hatte in seinem Leben schon genug gesehen. Dann hatte sie das Haus verschluckt.

„Los, Timo! Auf geht's! Es gilt! Mach jetzt bloß keinen Scheiß! Wir sind bei dir!"

Timo griff in den Rucksack. Er schnaufte tief aus. Doch plötzlich war seine Nervosität wie weggeblasen. Er zog sich das Halstuch vors Gesicht Und öffnete sachte die Schiebetür des Busses. Die Kälte ließ ihn kurz innehalten. Er sprang zur Hauswand der Schule und suchte Schutz. Dann eilte er erstmal schnellen Schrittes einige Meter in Richtung Rathaus. Er überquerte die Straße. Versteckte sich noch einmal zwischen den Schaukästen der *Odeon Lounge*. Verdammt! Er musste pissen! Trotz der Kälte bildeten sich Schweißperlen auf seiner Stirn. Wegdrücken! Er presste die Oberschenkel aneinander. Rüber zur Gotengasse, am Kiosk vorbei. Der Busch. Ein Blick zum Bus, zu den Freunden. Er spürte ihre Blicke, die voll Sorgen waren, aber auch Aufmunterung ausstrahlten. Timo holte die Flasche aus dem Rucksack. Jetzt durfte nichts mehr schiefgehen. Er öffnete den Verschluss und stopfte den Lappen hinein. Gut, dass er Handschuhe trug. Ein gehetzter Blick ums Eck, doch der Pförtner schien nicht in seinem Kabuff zu sein. „Wahrscheinlich haben die Bullen Spaß mit ihrem besoffenen Opfer", dachte er und schmiegte sich eng an die Mauer. Zeitlupenartig tastete er sich zum Streifenwagen vor. Er fischte den Nothammer aus der Jackentasche. Die hintere rechte Tür stand immer noch offen. „Danke", dachte er und schlich gebückt vorwärts. Er war sich seiner Sache jetzt zu hundert Prozent sicher. Lana wäre stolz auf ihn. Er glaubte, dass sie lieber Frauen mochte. Aus dem Fahrzeuginneren wehte ihm beißender Gestank entgegen. Kotze und Scheiße! Mit dem Zippo-Feuerzeug zündete er den Lappen an. Dann warf er die Flasche mit voller Wucht gegen die Fensterscheibe der linken Hecktür. Die Flasche zerbarst und das Gemisch aus Schwefelsäure und Kaliumchlorat entflammte in Bruchteilen von Sekunden das Benzin. Eine Stichflamme schoss durchs Wageninnere. Timo rannte. Er warf den Nothammer instinktiv ins Gebüsch und ärgerte sich kurz über seine Dummheit. Keine Zeit. Er blickte sich nicht um. Rannte über die Straße, stolperte, fing sich. Er klopfte auf die Motorhaube des Busses: Schiebetüre auf, hinein, Schiebetür zu.

Timo saß auf dem Wagenboden – erschöpft, leer.

„Zieh dich aus und stopf deine Klamotten hier in den Sack! Wir haben dir frische Sachen besorgt." Lana war cool wie immer. Eine echte Anführerin.

Timo nickte und tat wie ihm geheißen. Die anderen drängten sich auf dem Doppelbett und begafften das Schauspiel auf dem Polizeihof. Der Molotowcocktail leistete ganze Arbeit. Aus dem brennenden Auto loderten die Flammen, rot und orange. Verzweifelt versuchten die herausgeeilten Polizisten, den Brand zu löschen. Beißender Qualm trieb in ihre Augen. Sirenen, Martinshörner, Polizeiautos schossen in die Nacht – auf der Suche nach den Tätern. Auch am Wohnmobil raste eines vorbei. Die fünf lachten und klatschten sich ab. Sie waren voller Selbstzufriedenheit und Verachtung. Als die Feuerwehr die Reste des Wracks ablöschte, legte Anni vorsichtig den Rückwärtsgang ein und fuhr seelenruhig aus der Parklücke.

04.50 Uhr.

Die Scheibenwischer schleuderten den stärker werdenden Schneefall und die Anspannung der jungen Insassen beiseite.

Nadeln

Auf dem Weg in Richtung Reisgrubengasse blieb Roland kurz stehen. Immer noch waren in der Kaiserstraße am ehemaligen Tatort Blumen und Kerzen abgelegt. Der Schneeregen hatte die Ränder der selbstgestalteten Plakate aufgeweicht.

„Wer die Tote wohl gewesen war?“, überlegte Roland und nahm sich vor, die Kollegen vom LKA München zu kontaktieren. In seinem Aktenvermerk hatte er die Situation, als er glaubte gesehen zu haben, wie sich ein Vorhang bewegte, weggelassen. Er war sich selbst nicht sicher, ob er einer Sinnestäuschung erlegen war. Daher wollte er weder der Staatsanwaltschaft, noch dem Landeskriminalamt irgendwelche Dinge präsentieren, die er nicht beweisen konnte. Dennoch ließ es ihm keine Ruhe und er beschloss, in diesem Haus Nachforschungen anzustellen.

Er hatte im Büro seine Hausaufgaben gemacht. Familie Budig. Die Tochter schien eine Spezialistin für Ladendiebstahl zu sein. Die alleinerziehende Mutter war schon oft Opfer häuslicher Gewalt geworden. Traurig, dass sich meist die Frauen nicht von ihren Männern trennen können. Was musste da wohl für eine Abhängigkeit in der Beziehung geschaffen worden sein? Roland schlang seinen Schal fest um den Hals. Die Kälte draußen würde wahrscheinlich gleich mit der Kälte drinnen konkurrieren.

Es war ziemlich genau 10 Uhr am Morgen. Die ersten Geschäfte öffneten. Die Kaiserstraße machte sich bereit, Menschen durchzuschleusen. An der Litfaßsäule blieb Roland stehen und betrachtete die aufgeklebte Werbung, die ihn nicht interessierte. Sein Blick wanderte die Stufen der Treppe hinab, auf der sein

Kollege gestürzt war. Alles war wie immer und nichts deutete mehr darauf hin, dass es hier zu einer Verquickung unglücklicher Umstände gekommen war.

Roland drückte den Klingelknopf. Er ekelte sich. Schwarzer Schmutz hatte sich auf dem ehemaligen Weiß breit gemacht. Das Namensschild war schwer zu entziffern- hingekritzelt mit einem blauen Kugelschreiber in der Schrift eines Erstklässlers. Nach dem fünften penetranten Drücken summte der Türöffner und Roland drückte die Haustür mit seinem rechten Stiefel auf. Im Hausflur lagen drei gelbe Säcke. Es roch nach geronnener Milch und verdorbenem Essen. Er versuchte nicht zu atmen, als er die Treppe in den ersten Stock hochstieg. Er vermied es, den Handlauf zu berühren. Die Wohnungstür stand offen, doch niemand empfing ihn.

„Hallo! Familie Budig?"

„Kommen Sie rein. Ins Wohnzimmer. Geradeaus durch."

Roland folgte dem Geräusch einer Talkshow, die um diese Zeit auf dem Kanal eines Privatsenders die Menschen verblödete.

„Frau Budig? Sie sind ganz schön leichtsinnig! Da könnte ja wer weiß wer in Ihre Wohnung kommen!"

Im Sessel saß eine Frau, die Haare blondiert, greller Lippenstift, dessen Rot am Mundstück der Zigarette abfärbte.

„Die Leute, die hierherkommen, sind entweder vom Amt oder der Postbote, der Rechnungen bringt. Was soll's. Und wer sind Sie?"

Rolands Blick grub sich in die Frau, deren Bluse aufreizend geknöpft war. Ihr Brustansatz war deutlich zu sehen. Die Jeans war übersät mit Strasssteinen. Ihre Füße steckten in rosa Pantoffeln mit künstlichem Fellbesatz. Roland wendete peinlich berührt seine Augen weg, hin zum Fernseher. Sie hatte ihn die ganze Zeit nicht angesehen, sondern nur in den TV geglotzt.

„Ich bin von der Polizei. Staatsschutz. Utz mein Name“, stellte er sich endlich vor.

„Wenigstens mal keiner, der Kohle eintreiben will. Was wollen Sie von mir?“

„Ich bin hier, weil hier vor ein paar Tagen eine Frau erschossen wurde, und …“

„Ja, ja! Ich weiß! Schrecklich, was heute alles passiert. Ihr Kollege hat da diese Demonstrantin abgeknallt, gell?“

„Machen Sie mal halblang, Frau Budig! Noch ist nichts bewiesen. Wir sind mitten in den Ermittlungen. Ich bin hier, weil ich Sie fragen möchte, ob Sie irgendetwas beobachtet haben, was für uns wichtig sein könnte.“

„Ich? Nein!“ Sie machte eine kurze Pause. Lachte kurz auf, als ein Gast der Talksendung niedergeschrien wurde. „Aber vielleicht meine Tochter. Die hat ihr Zimmer raus in die Gasse.“

Erst jetzt fiel Roland auf, dass auf der Couch neben dem Fernseher ein Mann schlief. Dessen enormer Bauch hob und senkte sich bei jedem Atemzug. Drei Bierflaschen lagen auf dem Boden. In der Ecke stand ein Christbaum, an dessen Fuß sich braune Nadeln gesammelt hatten. An den dürren Ästen hingen verloren kitschige Weihnachtskugeln.

Frau Budig richtete sich mit beiden Händen ihre Brust zurecht. Sie blickte Roland lächelnd an. „Das Zimmer von Jenny ist da hinten.“ Sie deutete in die entsprechende Richtung.

„Und wer ist das?“ Rolands Kinn wies auf den Schlafenden.

„Mein Lebensgefährte“, erhielt er die knappe Antwort. „Aber den brauchen sie gar nicht erst zu fragen. Der ist die meiste Zeit besoffen und kriegt nix mit. Das Gute ist, dass er mich so in Ruhe lässt.“ Sie drehte sich wieder zum Fernseher hin und nahm einen tiefen Zug von ihrer *Marlboro.*

Für Frau Budig schien Roland ein Nichts zu sein. Er stand wie angewurzelt da. Dann gab er sich einen Ruck und klopfte an die Tür von Jennys Zimmer.

„Was is’?“, bellte es heraus.

Roland drückte den Knauf und öffnete sanft die Tür.

„Jenny? Ich bin von der Polizei. Ich würde dir gerne ein paar Fragen stellen. Darf ich reinkommen?“

„Raus! Ich rede nicht mit Bullen!“

Das Zimmer lag im Halbdunkel.

„Jenny, du kannst mir eine große Hilfe sein und jemandem sehr helfen, wenn du mir sagst, ob du an dem Tag, als die Frau erschossen wurde, irgendwas beobachtet hast.“

Schweigen.

„Von deinem Fenster aus könntest du was gesehen haben. Es ist verdammt wichtig!“ Roland flehte fast und ärgerte sich über seine devot klingenden Worte. Er konnte Jenny im Zimmer nirgends entdecken, blieb aber unter dem Türrahmen stehen.

„Ich habe nix gesehen. Hab geschlafen. Hab davon nur im Radio gehört und von meinen Kumpels. Krass! Die Bullen knallen Demonstranten ab. Hätte ich nicht gedacht, dass es mal soweit kommt. Ich kann euch Cops einfach nicht leiden. Nehmen Sie es nicht persönlich. Gehen Sie jetzt oder ich ruf die Polizei!“ Sie lachte dreckig und hustete furchtbar. „Nix gesehen, nix gehört, und ich sag auch nix. Ich bin wie dieser Affe, der sich Augen, Mund und Ohren zuhält."

Sie kicherte. Roland unterdrückte den Impuls, durchs Zimmer zu stürmen, zum Fenster, um den verflixten Vorhang beiseite zu schieben und zu sehen, welche Blickwinkel möglich waren. Er spürte, nein er wusste, dass dieses Mädchen etwas vor ihm verbarg.

„Ich lege meine Visitenkarte hier auf den Fußboden. Wenn dir doch noch was einfällt, ruf mich bitte an."

„Raus jetzt. Ich will schlafen!"

Roland machte einen Schritt rückwärts und schloss die Tür. „Scheiße", dachte er, „das war ein Satz mit X."

Als er ins Wohnzimmer ging, war der Mann gerade aufgestanden. Er gähnte und kratzte sich im Schritt. Er schaute Roland mit glasigen Augen an.

„Wer is'n das?", lallte er und schaute Frau Budig fragend an.

„So 'n Polizist. Will wissen, ob wir von der Sache in der Kaiserstraße was mitgekriegt haben."

„Null Komma null, Herr Polizist. Mein Liebling und ich waren die ganze Zeit hier und haben Serien geguckt. Entschuldigen Sie, ich muss mal dringend pissen."

„Wie heißen Sie?"

„Erst pinkeln, dann die Formalitäten. Mein Ausweis liegt aber auf dem Tisch. Ich bin der Ritter. Georg Ritter. Geboren am 12.9.1974." Er salutierte und stolperte über eine der Bierflaschen. „Der Rest steht bei euch im Computer." Er schob seinen mächtigen Körper zwischen Tisch und Couch hindurch, kickte die Flasche von sich und verzog sich auf die Toilette. Er ließ die Tür offen. Das Prasseln des Wasserlassens war zu viel des Guten. Roland atmete tief durch. Er ignorierte den Augenaufschlag von Frau Budig und sah zu, dass er schnellstmöglich hier rauskam.

Jenny hasste Polizisten.

Sie hasste alles, was eine Uniform trug. Wenn sie mit ihren Leuten am Barbarossaplatz unter dem Schirm abhing, spürte sie die Angst der kleinen Dealer vor den Kontrollen der Zivilbullen. Die Typen kamen aus aller Herren Länder. Die vertickten ihre Drogen doch nur, um auch was vom Kuchen abzubekommen. Das waren arme Schweine – so wie sie.

Jenny lag im Bett und hatte den Besuch des Polizisten beinahe schon wieder verdrängt. Sie grinste. Nie! Nie im Leben würde sie einem Bullen seine Fragen beantworten!

Jenny schloss die Augen. Ein Film lief ab.

Ich bin nicht hübsch.

Genaugenommen bin ich hässlich. Ein in menschliche Form gegossener Klumpen Fleisch, den sein unbändiger Wille zu leben zusammenhält. Als Mädchen geboren fühle ich mich oft wie ein Junge. Presse meine Brüste in ein enges Korsett. Habe mir die Haare kurz geschoren. In der Schule hänselten sie mich: „Dein Gesicht sieht aus wie ein Streuselkuchen!" Die Akne habe ich immer noch. Mit Reinlichkeit habe ich es nicht so. Warum sollte ich auch? Ein vernarbtes Gesicht – Spiegel meines Lebens. Wenn ich auf der Straße diese aufgeblasenen Tussis mit ihren Einheitsfrisuren sehe, die sich per Instagram und Tiktok vormachen, sie seien Germany's Next Topmodel, remple ich sie brutal an.

Und wenn sie angewidert aufschreien, zeige ich ihnen meine Fäuste. Dann glotzen sie blöd und schauen, dass sie wegkommen.

Wenn ich alleine bin wie jetzt, spüre ich dieses Stechen in mir, das ich mir nicht erklären kann. Es ist tief in meinem Körper. Es durchbohrt mich. Und durch diese Löcher fließt immer ein wenig mehr Leben aus mir raus.

Meine Mutter rafft nichts. Der bin ich egal. Die hockt den ganzen Tag vor der Glotze und beobachtet ihr eigenes Leben. Sie zieht sich Pseudodokus rein, die ihr erbärmlich den Spiegel vorhalten. Meine Mutter beschimpft diese Darsteller als Sozialhuren, um sich dann genüsslich eine Handvoll Chips in ihren grellrot geschminkten Mund zu stopfen. Ihr Busen hebt sich dann ganz aufgeregt – wie ein Segelboot, das über Wellen hüpft.

Auf dem Sofa muss Georg pennen oder Schorsch, wie er sich selber nennt. Er wohnt seit einem halben Jahr bei uns. Meine Mutter glaubt, endlich einen gefunden zu haben, der sie nicht schlägt. Schorsch ist ein 150-Kilogramm-Ungetüm. Er scheint keinen Hals zu haben. Sein Kopf ist auf dem fetten Leib festgeschraubt. Seine Haare kleben fettig im Stiernacken. Dort sammelt sich der Schweiß seiner Trägheit. Wie alle Männer im Leben meiner Mutter verspricht auch er ihr eine tolle Zukunft. Und wenn sie betrunken ist, glaubt sie ihm. Arbeit ist für Schorsch ein Fremdwort. Er bezieht sein Bürgergeld und ist zufrieden. Für mich ist er ein fauler Hartzer. Wenn er sich bücken muss, glaube ich immer, er stirbt gleich. Sein Atem geht schwer. Sein Kopf droht in tausend Stücke zu zerplatzen. Meistens liegt er auf der Couch und schläft. Sein Speichel bildet weißen Schaum, der sich wie kleine Luftballons bei jedem Ausatmen aufbläht. Wenn sie platzen, legen sie sich in seinen Mundwinkeln ab. Wenn sich meine Mutter aus der Küche ihre Kippen holt, wischt sie Schorsch liebevoll mit einem Taschentuch den Mund sauber. Außer einem wohlwollenden Schnauben, das die Fettrollen seines Körpers in Bewegung versetzt, zeigt dieser Mensch keine Reaktion.

In der Ecke unseres Wohnzimmers steht, als habe ihn jemand vergessen, immer noch der Christbaum. Zu dem Kegel graubrauner Nadeln gesellt sich der Staub, der durch das geöffnete Fenster schwebt und sich tänzelnd niederlässt. Das Gebimmel der Straßenbahn ist der passende Sound dazu.

Mein Zimmer ist kahl. Ein Schreibtisch aus dem Sozialkaufhaus. Ein Bett. Darüber habe ich vor Jahren ein Poster von Lady Gaga gepinnt. Jetzt löst sich die obere linke Ecke und hängt wie ein Eselsohr nach unten. Es verdeckt schon ihre rechte Gesichtshälfte. Ich bin zu faul, das Bild zu fixieren. Aber auf ihre Musik konnte man geil abtanzen. Ich, alleine vor dem Spiegel – damit mich keiner sehen konnte!

Ich tippe auf dem iPhone, das ich einer Tussi aus dem Rucksack gezogen habe, Musik von Lizzo ein. Die Headphones habe ich im MediaMarkt mitgehen lassen. Beim Klauen bin ich erst ein paar Mal erwischt worden. Da macht mir keiner was vor. Ich bin die Queen of Ladendiebstahl! Ich bin immer glimpflich davongekommen, weil ich noch strafunmündig war. Doch mit der Zeit wurde ich immer raffinierter.

Meinen Vater kenne ich nicht. Ich weiß nicht, ob das gut ist. Manchmal wünsche ich mir einen Daddy, der mir meine Wünsche erfüllt. Und dann denke ich mir, vielleicht wäre er auch so ein Schwein gewesen, der seine eigene Tochter befingert.

Ich komme klar. Lebe in den Tag hinein. Schaffe mir bunte Träume. Manchmal mithilfe von kleinen Geschenken meiner Freunde vom Barbarossaplatz.

Ich bin jetzt 19 Jahre alt. Ich weiß nicht, was aus mir noch wird.

Zu meinem achtzehnten Geburtstag hat mir meine Mutter eine Flasche „Jägermeister" geschenkt. „Jetzt betrink dich mal ordentlich!" Dann drückte sie mir einen flüchtigen Kuss auf die Wange. Ich hörte, wie das Schloss der Wohnungstür einrastete, als sie ging. Ich kippte tatsächlich eine dreiviertel volle Flasche des klebrigen Zeugs in mich hinein. Völlig weggetreten fiel ich in einen komatösen Zustand. Als ich mit irrsinnigen Kopfschmerzen aufwachte, lag ich in meiner eigenen Kotze. Mit zittrigen Beinen stand ich in der Badewanne. Das eiskalte Wasser machte mir nichts aus. Ich spülte die ekligen Klümpchen und den Gestank in den Abfluss.

In meinem Körper fühle ich IMMER WIEDER die Nadeln. Sie stechen nach innen.

Ich lasse den Schmerz zu.

Ich beginne mich zu ritzen.

Jenny öffnete die Augen. Ihr Wecker zeigte 15 Uhr an. Sie ging hinunter zur Straße. Irgendwo hupte ein Auto. Ein Martinshorn schnitt durch die kalt-feuchte Luft. Aus einem Geschäft für Mobiltelefone ertönte ein Gangster-Rap. Jenny trieb durch die Kaiserstraße. Die Stadt schimmerte trüb. Sie winkte den Kumpels unter dem Schirm am Barbarossaplatz zu. Eine Straßenbahn bog um die Ecke.

Roland denkt nach

Samstag. Ein freier Tag.

Rolands Gedanken kreisten unablässig um seinen Kollegen Carsten, der ihm durch dieses Unglück noch mehr ans Herz gewachsen war.

Der Januar hatte dem Februar Platz gemacht. Es war immer noch kalt. Doch die Luft wurde frischer, reiner. Ein blauer Himmel schob die störenden Wolken zur Seite. Die Sonne lockte die Menschen wieder vermehrt nach draußen. Wie Junkies gierten sie nach Sauerstoff und Licht.

Roland hatte am Tag zuvor in *Hermkes Romanboutique* in der Valentin-Becker-Straße angerufen und sich eine Graphic Novel bestellt: *Fritz Lang – eine Comic-Biografie* von Delalande und Liberge.

Er hatte die Stadt zu Fuß durchquert und lief nun auf einen der skurrilsten Läden Würzburgs zu. Gegenüber vom Theater *Chambinzky* saß eine mächtige Spider-Man-Figur. Sie blickte in den Himmel, auf dem Sprung, das Böse zu bekämpfen. Neben der rot lackierten Eingangstür wachten *Tim und Struppi* in der Schaufensterauslage. Sie existierten als vom Tageslicht verblichene Pappaufsteller, die aber dennoch Lebensfreude ausstrahlten.

Roland drückte die Tür auf. Geordnete Unordnung. Gleich links saß Gerd, der das Geschäft vom Vater übernommen hatte. Er grüßte Roland mit seiner kehligen Stimme und einem immerwährenden Lachen im Gesicht. 42 Jahre gab es die *Hermkes* Romanboutique nun schon – eine echte Würzburger Institution.

Die neuerworbene Graphic-Novel unter den Arm geklemmt lief Roland zum Ausläufer des Ringparks. Bevor er den Friedrich-Ebert-Ring überquerte, fiel ihm die unscheinbare Gedenkstätte für die Deportation fränkischer Juden auf. Fast verschämt versteckte sich das Denkmal in einer Nische. Die Namen der Konzentrationslager *Theresienstadt/Auschwitz/Izbica/Trawniki/Lublin/Skirotava* und *Riga* prangten mahnend auf Tafeln. All dies geschah in den mörderischen Jahren 1941, 1942 und 1943. Auf vier Stufen lagen künstliche Schuhe, die den Todesmarsch symbolisierten. Sie erinnerten daran, dass darin Menschen steckten, die unter den Augen von empathielosen Würzburger und Würzburgerinnen einem schrecklichen Ende entgegengingen. Eintausendfünfhundertdreiundneunzig Menschen, die einen Namen hatten und eine Geschichte.

Ausgelöscht von entmenschlichten Kreaturen, die noch nicht einmal den Schutz der Dunkelheit brauchten, um ihr abscheuliches Vorhaben in die Tat umzusetzen.

Kopfschüttelnd ging Roland über die Straße. Übersah, von Gedanken gequält, ein Auto, das wütend hupte.

Im Klein-Nizza, wie ein Teilabschnitt des Ringparks auch genannt wird, waren die Vogelvolieren verschwunden. Radfahrer bliesen ihren Atem sichtbar in die Luft. Zwischen den Rosskastanien suchten Amseln und Krähen nach Nahrung. Die Erker der Außenmauer des Residenzareals versprachen hinter der Fassade etwas Besonderes.

„Bäume waren schon besondere Wesen", dachte Roland. Er bewunderte ihre Äste, die wie hölzerne Stimmgabeln aufgefächert waren. Andere Bäume wiederum ließen zu, dass dicke Wülste um ihre Stämme wucherten.

Am Rand des Weges lag ein blauer Plastikbeutel, gefüllt mit Hundekot. Wie bescheuert musste man sein, sich zu bücken, die Hundeausscheidungen aufzuheben und einzutüten, um dann den Beutel achtlos in die Natur zu schleudern?

Im Rennweg tupfte wuchernder Efeu leuchtendes Grün an die Mauern. In einer Nische versteckte sich der Tiroler Johann Georg Oegg. Die Bronzefigur blickte als König der Schmiedekunst zur Zeit des Rokoko auf sein nach ihm benanntes Tor, das sich von der Residenz bis zum Staatlichen Hofkeller spannte.

Roland betrat den Hofgarten.

Beim Anblick dieser Pracht atmete er tief durch. Im Laufen sinnierte er über die Ermittlungen der Kollegen in München. Deren Zeugenbefragungen hatten bisher keine vernünftigen Aussagen zum Tatablauf ergeben. Roland hatte den Besuch bei Familie Budig schriftlich fixiert und ins Computersystem gestellt. Gott sei Dank hatte das LKA weder an Carstens Kleidung noch an seinem Körper Spuren sichern können, die darauf hindeuteten, dass er tatsächlich den Schuss abgefeuert hatte. Natürlich waren seine Fingerabdrücke auf der Waffe. Allerdings auch weitere, die jedoch nur fragmentarisch zu sichern waren und sich nicht zuordnen ließen. Roland war immer mehr der Überzeugung, dass irgendjemand die Waffe an sich genommen und den todbringenden Schuss abgegeben hatte. Nur warum? Das war die entscheidende Frage, auf die es keine Antwort zu geben schien.

Wer war eigentlich die Tote? Darüber hatten sich auch Hümmer und Strasser nicht ausgelassen. Roland musste noch mal nachhaken. Hatte die Frau Geheimnisse? Wurde sie vielleicht bewusst erschossen? Von einem großen Unbekannten? Einem gedemütigten Liebhaber?

Es konnte ihm eigentlich ziemlich egal sein, wo er doch in ein paar Monaten in den Ruhestand ging. Aber für Carsten würde er noch einmal alles geben, um diesen herausfordernden Fall zu lösen.

Beherzten Schrittes ging er nach links die steinerne Treppe hoch. Zierbüsche und Sträucher waren bereits von den Gärtnern in pittoreske Formen gebracht worden. Vereinzelt waren Menschen unterwegs, um die tolle Architektur der Residenz zu bewundern und sich etwas Auszeit von der Hektik der Stadt zu gönnen. Der Kies unter seinen Füßen knirschte.

„Excuse me? Can you take a picture of us?“, fragte ihn eine Schwarze Frau mit einem entwaffnenden Lächeln. Sie drückte ihm ihr Handy in die Hand und gesellte sich zu ihrer bereits wartenden Freundin.

Die Treppe ergoss sich kaskadengleich nach unten, während die Stufen nach oben in den unendlichen Himmel wiesen. Auf dem steinernen Geländer hockten Putten neben Vasen und Pflanzschalen. Auf dem kleinen Platz an der Außenmauer lauschten Studierende mittels Kopfhörern der Musik oder den Vorträgen ihrer Universität. Andere rauchten oder unterhielten sich angeregt.

Roland genoss den Blick über das Areal. Die in den Jahren 1720 bis 1744 erschaffene Residenz, die Balthasar Neumann im Auftrag des Fürstbischofs Schönborn hatte errichten lassen, strahlte Erhabenheit aus. Auf dem brüchigen Sandstein vor ihm standen erstarrte Putten, die sich ihre gute Laune trotzdem nicht nehmen ließen. Aus der Ferne, links vom Hauptbau, lugte frech die Festung herüber. Immer noch beleidigt, dass Schönborn ihr seine Liebe entzogen hatte und hinunter in die Stadt umgesiedelt war.

Roland betrachtete den Umschlag seines Buches. Er ging davon aus, dass auch Fritz Lang Gefallen an dem barocken Bau gefunden hätte.

Eine ältere Dame hatte sich in der Leine ihres Dackels verfangen. Mühsam versuchte sie, sich aus dem Malheur zu befreien. Zwei Frauen schoben ihre Kinderwägen. Sie unterhielten sich angeregt und schlürften genüsslich aus ihren Coffee-to-go-Bechern.

Von der Innenstadt her grüßten die zahlreichen Kirchtürme.

„Eine gute Zeit, hier spazieren zu gehen“, dachte Roland. „Wenig Touristen und sehr, sehr entspannend. Hätte ich schon häufiger machen sollen.“

Die Magnolienbäume hielten ihre wundervollen Blüten noch unter Verschluss, verliehen sie dem Garten doch einen zusätzlichen Reiz.

Mit Wehmut dachte Roland an die Zeit, als er als junger Polizist mit einer damaligen Freundin auf dem Rasen ein Picknick und einen Schoppen genießen konnte, wenn das Hofgartenweinfest seine Tore geöffnet hatte. Leider hatte die Verwaltung dem ungezwungenen Spaß ein Ende bereitet und die Rasenflächen gesperrt. Die Weine sind zwar etwas besser geworden, dafür aber unverschämt teuer.

Er stand vor dem Brunnen mit den Frauen und dem Tier. Ein

Werk von Johann Peter Wagner, 1775: Raub der Europa. Roland dachte an den derzeitigen Zustand des Kontinents. Er war im Begriff, sich von rechtspopulistischen Räubern vereinnahmen zu lassen.

In Richtung Orangerie sprudelte eine Wasserfontäne aus einem Steinblock. Eine Biologiestudentin fotografierte mit ihrer Digitalkamera aufkeimende Pflanzen. Fabelwesen und steinerne Darstellungen der vier Jahreszeiten duckten sich unter kugelförmig geschnittenen Eiben weg. Wagner schuf einen weiteren Brunnen: Raub der Persephone. Hades griff sich die Göttin des Todes und der Fruchtbarkeit. Er riss sie mit sich, während die sitzenden Skulpturen heftig klagten. Gier, Verlangen und Erotik verschmolzen zu einem gewaltigen Gebilde. Zwischen den Zehen der Figuren wucherte das Moos, das feine Farbkleckse ins Grau der Verwitterung streute.

Roland hatte genug. Die Eindrücke waren überwältigend. Er trat hinaus auf das Kopfsteinpflaster des Vorplatzes. Geparkte Autos verschandelten das Gesamtbild des Prachtbaus und stahlen ihm sein Flair.

Auf einem Plakatständer warb der Gewölbekeller des Staatlichen Hofkellers für eine Veranstaltung. Grandios illuminiert leuchteten die alten Weinfässer aus Eiche, in denen sanft der edle Tropfen schwappte.

Auf dem Weg zur Fußgängerampel zurück in die Stadt fiel Roland ein, dass der Frankoniabrunnen restauriert worden war. Neugierig näherte er sich dem steinernen Arrangement. Plötzlich musste er laut lachen. Er erinnerte sich zurück an eine Begebenheit in den späten 80er Jahren. Mit seinem Streifenpartner war er in Zivil unterwegs. An einer roten Ampel flirteten sie mit zwei jungen Frauen. Die Hübschen saßen in einem Auto auf der Spur neben ihnen. Als sie bei Grün losfuhren, folgte ihnen das Auto plötzlich. Die beiden Damen wussten nicht, dass sie gerade ein Polizeiauto verfolgten. Sie ließen sich nicht abschütteln, trotz einer riskanten Umrundung des Berliner Rings. Sie hatten einen riesigen Spaß. Roland und sein Kollege dachten gar nicht daran, sich zu erkennen zu geben. Am Funk war es ruhig, also spielten sie das Spiel genüsslich weiter. Damals war der Residenzplatz noch frei befahrbar. Es war weit nach Mitternacht, als sie auf die flache Stufe des Frankoniabrunnens fuhren, dessen Außenfläche kreisrund, spiralförmig herumlief. Auf der obersten Stufe blieben sie schließlich stehen. Die Frauen lachten durchs geöffnete Fenster, klatschen Beifall und fuhren dann einfach davon.

Roland blickte in den Brunnen. Im trüben Wasser sammelten sich 5-Cent-Münzen, eine Schnapsflasche und Plastikdreck. Frankonia thronte über den wohl berühmtesten Söhnen der Stadt:

Tilmann Riemenschneider, der eine Marienfigur schnitzte. Walther von der Vogelweide, der nachdenklich über Minnelieder sinnierte. Matthias Grünewald, der Maler und Grafiker der Renaissance, der einen Skizzenblock in den Händen hielt.

Roland bewunderte die filigrane Handwerkskunst dieses Brunnens. Er war ein Geschenk an Luitpold von Bayern zu dessen siebzigsten Geburtstag. Aufrecht und stolz hielt Frankonia die fränkische Sturmfahne, auch Rennfähnlein genannt, in die Höhe. Mit ihrer rechten Hand griff sie in das Eichenlaub. Und wie es sich für eine Anführerin gehörte, trug sie im Bund ein mächtiges Schwert. Symbol für Stärke und eigenen Willen. Der Starrsinn ist den Franken bis heute eigen. Und nichts bedauern sie mehr, als mit Bayern gleichgesetzt zu werden.

Auf Einwirken des französischen Kaisers Napoleon Bonaparte kamen die Franken zu Beginn des 19. Jahrhunderts zum Königreich Bayern. Kriege, die Französische Revolution, der Zerfall des Römischen Reiches und sonstige Territorialangelegenheiten hatten zu dieser Misere geführt. Zwischen 1806 und 1813 verweilte Napoleon Bonaparte dreimal in Würzburg, um andere Staatsoberhäupter zu treffen. In einer Art Wutanfall bezeichnete er die Residenz abfällig als „Europas schönstes Pfarrhaus!"

Als Roland einige Schritte gegangen war, drehte er sich noch einmal um.

Die Skulpturen ignorierten großzügig die Hektik der Stadt. Sie sahen gnädig darüber hinweg, dass die Karossen in ihren blechernen Gewändern den Blick auf das Schöne der Kunst verstellten.

Roland freute sich auf das Wochenende. Lesen und entspannen. Er kaufte am Marktplatz etwas Obst und Gemüse. Dann schlenderte er gemütlich über die Alte Mainbrücke, hinüber in sein Zellerauer Viertel. Er gönnte sich einen leckeren Falafel-Wrap bei *Frida*, benannt nach Frida Kahlo, deren rauchendes Konterfei stolz von der blau gestrichenen Fassade blickte.

Zu Hause legte er das Album *Heavy Seas at the Cape of Good Hope* von Christian Ronig auf. Entspannt lehnte er sich in seinen Ohrensessel zurück.

Frei von schlechten Gedanken.

Carstens Leben ist nicht im Lot

Carsten war äußerlich gesund. Die Schrammen waren verheilt, nur die Rippe tat noch weh. Er hatte sich zum Dienst zurückgemeldet. Seine Chefs hatten ihm erörtert, dass er zunächst im Polizeipräsidium arbeiten müsste, solange die Ermittlungen gegen ihn noch nicht abgeschlossen waren. Am Freitag hatte er einen Termin beim obersten Chef der unterfränkischen Polizei.

„Wir nehmen Sie lediglich für eine Weile aus der Schusslinie, Herr Beck. Keine Sorge, wir stehen hinter Ihnen. Dann bis Montag."

Der Polizeipräsident klopfte ihm auf die Schulter.

„Wenn ihr vor mir stehen würdet, wäre mir das lieber", dachte Carsten und nickte unterwürfig.

Der Polizist stand erschöpft im Badezimmer der kleinen 2-Zimmer-Wohnung in der Konradstraße. Vor Jahren hatte er diese Wohnung für Staatsbedienstete ergattert und sich über die relativ günstigen Mietbedingungen gefreut. Ein Nachteil war jedoch der Umstand, dass er glaubte, die Züge der Bahn rauschten direkt durchs Zimmer, sobald er die Fenster geöffnet hatte.

Carsten war von einem Besuch bei seinem Vater zurückgekehrt. Es sah nicht gut aus, sagte die Ärztin. Man müsse mit allem rechnen. Er griff sich an die rechte Seite, wo sich die Rippe beim Atmen immer noch bemerkbar machte. Im Spiegel sah er eine Person, die verdammt alt geworden war.

„Warum passiert mir so eine Scheiße?", fragte er sein Spiegelbild. Er hatte sich auf Anraten von Klotz einen Anwalt genommen, der ein Gutachten erstellen ließ, was ihn entlasten sollte. Die Besuche bei der Polizeipsychologin taten ihm gut, weil sie ihm vermittelte, dass sie ihn ernst nahm. Carsten bildete sich ein, dass sie ihm auch glaubte. Dennoch fühlte er dieses Tier, das in ihm wühlte und ihn aufzufressen drohte. Nicht alle hielten ihn für unschuldig, sondern trauten ihm zu, dass er den tödlichen Schuss abgegeben hatte. Auch Roland? Er wusste es nicht.

Er brauchte Ablenkung. Er nahm sein mobiles Telefon und tippte die Nummer der Krankenschwester aus dem Juliusspital ein.

„Ja?", meldete sich Caroline.

Er zögerte und schwieg.

„Hallo?"

„Ich bin's. Carsten. Wollen wir einen Kaffee trinken gehen? Mir fällt gerade die Decke auf den Kopf."

Schweigen.

„Gib mir ein wenig Zeit, mich frisch zu machen. Um 14 Uhr im *Wunschlos Glücklich*?"

Carsten war eine viertel Stunde vor dem anberaumten Treffen in der Bronnbacher Gasse. Überraschend viele Menschen, hatten es sich bereits auf Holzstühlen und Sesseln aus den 60er Jahren bequem gemacht. Er fand den Tisch, sah den Zettel mit Carolines Namen und nahm Platz. Er bat die Bedienung, mit der Bestellung noch etwas zu warten. Die junge Frau nickte verständnisvoll. Sie ging zu einem Nebentisch, an dem sich vier ältere Damen niedergelassen hatten. Sie kicherten und schienen guter Laune zu sein. Carsten blätterte geistesabwesend in der Speisekarte, als sich ein Schatten auf seinen Tisch legte.

„Hallo, ich freue mich wirklich sehr, dass wir uns wiedersehen. Wie geht es dir?“

Caroline sah umwerfend aus. Sie trug eine lässige Jeans, schwarze Stiefel und unter ihrer *North-Face*-Jacke, die sie über die Stuhllehne warf, einen Norwegerpullover. Sie schob die Ärmel zurück. Carsten konnte die Tätowierung *SOLIDARITÄT* lesen und ließ seinen Blick auf ihrem Arm ruhen.

„Das habe ich mir stechen lassen, als all die Leute Beifall von den Balkonen für uns klatschten und die Politik uns während der heißen Coronaphase im Stich ließ. Danke, Herr Spahn! Na ja, viel besser ist die Situation für uns Krankenschwestern nicht geworden. Ein bisschen mehr Geld, aber keine Entlastung durch Kolleginnen oder Kollegen. Keine Ahnung, wo das noch hinführen soll.“

Carsten nickte und stimmte ihr zu. Als Polizist wusste er, wovon sie sprach.

„Du musst unbedingt die Waffeln probieren. Und zwei Cappuccini bitte“, forderte er, als die aufmerksame Kellnerin am Tisch stand.

Caroline bemerkte den Schmerz in Carstens Gesicht. Nicht den körperlichen, den seelischen.

„Wie gehst du mit all dem um?“

Carstens Mund entließ einen tiefen Seufzer.

„Du hast mir im Krankenhaus sehr geholfen. Deine Anwesenheit, ich weiß, es klingt so unfassbar kitschig, war engelsgleich.

Immer wenn du in meinem Zimmer warst, waren die Schmerzen – auch die im Kopf – wie weggeblasen. Danke noch mal!"

Caroline lachte laut auf.

„Das habe ich ja noch nie gehört! Du kannst aber Süßholz raspeln, mein Lieber! Ich habe nur meinen Job gemacht."

Carsten grinste verlegen. Er zögerte. Dann brach es aus ihm heraus.

„Darf ich Caro sagen?"

Sie nickte.

„Die äußeren Schmerzen sind erträglich. Aber in meinem Inneren fühlt es sich an wie in einem Irrgarten. Ich weiß selbst nicht mehr, was und wem ich glauben soll. Mich martern die Gedanken, dass ich der Schütze war, der eine unschuldige Frau erschossen hat. Das ist so ein beschissenes Gefühl, wenn dein Gehirn so ein schwarzes Loch aufweist."

Er trank hastig einen Schluck Kaffee.

„Du darfst nie vergessen, zuallererst an dich zu denken", sagte Caroline mit ernster Stimme, die gleichzeitig Mitleid und Empathie ausdrückte. „Ich kenne mich mit inneren Schmerzen gut aus. Eine miese Trennung von meinem Ex-Mann. Mein Kind. Sorgen, nichts als Sorgen. Sorgen, die einen aufzufressen drohen. Aber ich gebe nicht auf. Niemals! Und das wünsche ich dir auch – von ganzem Herzen!"

Carsten nickte geistesabwesend. Er biss in die Waffel und ließ seinen Blick in den Raum schweifen. Seltsam – er sah nur die Lippenbewegungen der Gäste. Hören konnte er sie nicht. Carolines Stimme drang wieder zu ihm durch.

„Ich würde dir gerne beistehen, Carsten. Ich mag dich sehr.

Ich spüre etwas zwischen uns. Das ist mir schon lange nicht mehr passiert."

Er sah sie an. Er widerstand dem Drang, sie auf der Stelle zu küssen. In ihrem Mundwinkel hing ein Stück Waffel. Carsten lächelte. Er griff über den Tisch und entfernte zärtlich das Stück Gebäck aus ihrem Gesicht.

„Bulle und Krankenschwester. C. und C. Könnte was werden mit uns. Lass uns von was Schönem reden. Erzähl mir von deinen Träumen!"

Carsten erschien am Montag in Uniform im Polizeipräsidium. Man hatte ihn ins Büro für Verkehrsangelegenheiten gesteckt, für ihn fühlte es sich an wie versteckt.

Kaum im Zimmer angekommen, empfing ihn ein älterer Kollege, der nicht von seinem Computerbildschirm aufsah.

„Guten Morgen, du bist also der …?"

„Der was …?"

Der Polizist stotterte.

„Nun, der, ähm, der Typ, der die Frau …"

„Hör mal zu, Kollege!" Carsten wurde sauer. „Es gibt zwei Möglichkeiten hier: Entweder du akzeptierst, dass ich dir zugeteilt wurde, und wir versuchen, miteinander auszukommen wie zwei zivilisierte Menschen, oder …"

Jetzt blickte der andere doch hoch und sah Carsten an.

„Oder was?"

„Oder du kannst mich am Arsch lecken und ich bin ab sofort im Krankenstand. Ich bin übrigens Carsten. Und du?"

Der alte Polizist lachte auf.

„Komm, Kollege! War nicht so gemeint! Ich bin der Rudi. Aber schau, die Kollegen labern halt und ich wollte dich mal austesten. Wir schaffen das schon."

Carsten schaute Rudi skeptisch an. Er wusste nicht, ob er ihm trauen konnte.

Zwei Stunden später klopfte es an der Tür. Roland spähte herein und grinste.

„Oh, die Uniform steht dir aber gut, mein Lieber. Pass bloß auf, dass du nicht zu viele Erbsen zählst!"

„Klappe, du Arsch!" Beide lachten. „Lust auf einen Kaffee?"

Roland träumt

Ben Harpers Album *Bloodline Maintenance* verstummte aus der Lautsprecherbox im Schlafzimmer. Roland war bereits tief in seinen Schlaf abgetaucht. Aus dem Dunkel der Nacht schälten sich Szenen heraus, die im Fluidum des Traums deutliche Konturen annahmen.

Er lief in der Menschenmenge des Demonstrationszuges mit. Sein Blick erfasste einen Mann, komplett in Schwarz gekleidet. Selbst die Handschuhe waren dunkel. Sein Gesicht war eine unförmige Masse. Die Gestalt winkte ihm zu. Dann verschwand sie hinter einer Litfaßsäule. Ein riesiges Plakat warb für Fritz Langs Film, M – Eine Stadt sucht einen Mörder. Roland sah, wie die Gestalt auf einen Polizisten traf: Carsten. Wortlos stieß ihn der Unbekannte mit beiden Händen gegen die Brust. Carsten fiel die Treppe hinab und blieb bewusstlos liegen. Der anonyme Typ nahm die Waffe, die Carsten aus dem Holster gefallen war. Zielte. Wartete. Roland suchte Deckung hinter der Säule. Ein diabolisches Lächeln zeichnete sich auf der verschwommenen Fratze der Erscheinung ab.

„Stirb!“ Worte drangen unverständlich und dumpf aus der Mundhöhle. Er schoss. Einmal nur. Dann legte er dem Bewusstlosen die Pistole in die Hand und krümmte dessen Finger um den Abzug. Die Gestalt wandte sich Roland zu. Sie stand da – einfach so. Sie lachte. Ein irres Lachen. Und schließlich löste sie sich auf – verschwunden, als sei sie nie da gewesen.

Roland schoss kerzengerade hoch. Sein Herz pochte. Schweiß stand ihm auf der Stirn. Seine Augen durchdrangen das Dunkel des Zimmers. Das Display des Weckers zeigte 03.55 Uhr an.

Er sank zurück ins Kissen.

Die Frau!

Das Opfer!

Der Schlüssel, das Unglück zu lösen, lag beim Opfer.

Er würde am Morgen die Kollegen vom LKA in München anrufen und sie bitten, sich in der Wohnung der Toten umsehen zu dürfen. Die vorliegenden Erkenntnisse lauteten lediglich, dass die Frau unbescholten war und ein eher unaufgeregtes Leben geführt zu haben schien. Eine graue Maus. Nicht einmal Verwandte konnte man bisher ausfindig machen. Und auch keinen Lebensgefährten. War sie eigentlich schon beerdigt?

Er würde nachforschen müssen.

Für Carsten kommt es dicke

Die Woche ging vorüber. Wider Erwarten kam er mit Rudi besser zurecht, als er es zu Beginn seines Dienstantritts gedacht hatte. Die Arbeit war stupide und langweilig. Statistiken auswerten, Ausarbeitungen für einen Werbe-Tag der Polizei am Marktplatz gestalten. Doch Carsten wollte sich nicht beschweren. Er musste jetzt geduldig sein und abwarten, was die Ermittlungen brachten und vor allem, wie die Staatsanwaltschaft den Fall bewerten würde. Die Argumente seines Anwalts leuchteten ihm ein, sodass er das Gefühl hatte, die Dinge wären wieder im Fluss.

Doch da war noch sein Vater, dessen Zustand ihn auf der einen Seite von seinen Problemen ablenkte, andererseits aber eine zusätzliche Belastung darstellte.

Es war Sonntag und Carsten hatte ihm einen Besuch in der Klinik abgestattet. Man hatte ihm mit Morphium einen Großteil seiner Schmerzen genommen. Als Carsten fragte, ob er einen Wunsch hätte, zeichnete sich auf dessen Lippen ein Lächeln ab: „Einen Piccolo“, ächzte er.

Carsten ging zum Krankenhauskiosk und holte das gewünschte Fläschchen. Sie tranken schweigend. Carsten ahnte, dass das Ende für seinen alten Herrn bevorstand.

„Vier Stunden? Vier Tage? Vier Wochen?“, sagte die russischstämmige Ärztin und klopfte ihm mitfühlend auf die Schulter.

„Mach’s gut“, verabschiedete er sich mit belegter Stimme.

„Mach’s besser“, antwortete der Alte und Carsten glaubte, einen Schleier aus Tränen in seinen Augen gesehen zu haben.

Montagmorgen, 08 Uhr.

Rudi saß schon an seinem Schreibtisch. Er biss gerade in sein Hörnchen, als Carsten die Tür öffnete und ihm einen guten Morgen wünschte.

„Na? Nicht gut drauf heute?"

„Geht so! Meinem Vater geht es nicht so gut. Und ich spüre die Blicke der Kollegen und Kolleginnen im Rücken, wenn ich hier ins Gebäude komme. Das tut echt weh."

„Die Jungen gehen diesen Hasstiraden und Verschwörern genauso auf den Leim wie so viele andere. Wir sind eben auch nur ein Abziehbild der Gesellschaft." Rudi stopfte sich den Rest des Gebäcks in den Mund. Brösel rieselten auf die gummierte Unterlage, auf der sein Computer stand.

„Das ist ein schwacher Trost, Rudi. Aber danke für deine Anteilnahme."

Um kurz nach 11 Uhr klingelte Carstens Handy. Im Radio lief auf *BAYERN 1*, Rudis Lieblingssender, *Nutbush City Limits* von Ike & Tina Turner. Die Art des Klingelns machte Carsten sofort klar, dass etwas mit seinem Vater passiert war.

„Herr Beck?"

Schweigen.

„Ihr Vater ist soeben von uns gegangen. Tut uns leid. Wenn Sie sich auf den Weg machen wollen, können Sie sich noch von ihm verabschieden."

Carsten drückte den roten Knopf. Sein Blick ging hinaus durch das Fenster auf die Grünfläche.

„Was Schlimmes?", fragte Rudi besorgt. Dabei ahnte er die Antwort schon.

Carsten kam zurück in die Realität. „Mein Vater. Er ist gerade gestorben."

„Mach los, Junge. Mein Beileid. Chippe dich aus. Ich sage im Geschäftszimmer Bescheid." Er beugte seinen massigen Körper über den Schreibtisch und streckte Carsten seine Hand hin, die dieser gedankenverloren drückte.

Carsten hängte seine Uniform in den Schrank. Warf sich seine Lederjacke über, zog die Schnallen der Stiefel fest und schnappte sich den Halbschalenhelm. Er fuhr immer Motorrad. Schlechtes Wetter gab es für ihn nicht. Er eilte den Flur entlang. Ignorierte die Reinigungskraft. Im Hof trat er die alte Harley an. Ohrenbetäubender Lärm wurde von der Hausfassade in den Innenhof des Polizeipräsidiums geworfen. Im Außenspiegel sah Carsten einen rauchenden Kollegen, der ihm verständnislos hinterhersah.

Er stellte das Motorrad in der Auffahrt der Klinik ins Halteverbot und rannte an der blonden Pförtnerin vorbei. Draußen kündigten die kalte Luft und die vielen Wolken einen Schneeschauer an. Bevor er die Türklinke drückte, hielt er inne. Er atmete schwer.

Das Türschild: 221 A. Das *A,* so hatte der Alte bei seinem ersten Besuch gelästert, stand für Alt, Abgeschrieben, Abgestorben. Dabei hatte er ein heiseres Lachen von sich gegeben. Carsten spürte damals bereits, dass sein Vater geahnt hatte, dass hier sein Leben zu Ende gehen würde.

Carsten klopfte. Aus Gewohnheit. Stille. Im Bett lag der Vater. Die Augen geschlossen. Sie hatten ihm das Kinn mit einem Tuch hochgebunden, damit der Unterkiefer nicht nach unten fiel.

Im Mundwinkel glitzerte noch Sabber. Carsten nahm ein Tuch und wischte ihn sanft sauber. Er stand andächtig am Bett. Dann nahm er den Geruch wahr. Er ging zum Fenster und öffnete es, damit die Seele endlich diesen stickigen Raum verlassen konnte.

Er setzte sich auf die Bettkante und nahm die Hand seines Vaters in die seine. Seltsam ruhig saß er da. Betrachtete das Gesicht des Toten, das so viel mehr Frieden ausstrahlte als in den letzten Wochen, in denen es ihm immer schlechter gegangen war. Aus Carstens linkem Auge rann eine Träne. Er hatte schon beizeiten seinen Frieden mit dem Alten gemacht.

Die Zeit schien still zu stehen. Carsten wunderte sich, dass noch keine Krankenschwester oder ein Arzt vorbeigeschaut hatte. Die dunklen Wolken hatten sich verzogen und ihre Schauer für sich behalten. Sogar die Sonne lugte vorsichtig ins Zimmer.

Carsten erhob sich. Er öffnete die Tür und blickte hinaus in den Flur. Niemand zu sehen. Er schloss die Tür wieder sachte. Er suchte die Kleidung seines Vaters zusammen und zog ihn notdürftig an. Dann hievte er den leblosen Körper in den Rollstuhl, der neben dem Bett stand. Wie leicht ihm der Körper vorkam. Er erinnerte sich an einen Film mit Sean Penn: *21 Gramm*. Beim Sterben verliert der Körper angeblich exakt 21 Gramm. Wenn das tatsächlich stimmte, musste es eine Seele geben.

Carsten setzte seinem alten Herrn den Helm auf und legte ihm die Lederjacke über die Schultern. Der Flur war leer. Ein Assistenzarzt schäkerte mit zwei Krankenschwestern in ihrer gläsernen Zelle. Er schob den Rollstuhl in die entgegengesetzte Richtung. Sein Schweiß aus Angst und Nervosität tropfte Carsten von der Stirn. Ein gehetzter Blick – der Aufzug.

„Wenn ich schon in der Scheiße stecke, kommt es darauf jetzt auch nicht mehr an", dachte Carsten und schon standen sie in dem Käfig aus Aluminium, der sie ins Erdgeschoss beförderte. Der Ausgang. Hinter den Säulen vorbei und raus! Die Blonde blätterte gelangweilt Besucherlisten durch. Geschafft! Gut, dass die Harley gleich am Eingang stand. Carsten hob seinen Vater aus dem Rollstuhl. Die Raucher am Eingang glotzten interessiert, schwiegen aber. Carsten setzte die Leiche wie eine Puppe auf das Motorrad zwischen Sitzbank und Tank. Der Alte fiel nach vorne und knallte dumpf aufs Blech. Nun saß Carsten auch endlich auf der Maschine und band seinen Vater, so gut es ging, mit einem Gurt, den er aus der Packtasche gefummelt hatte, an sich fest. Mit dem linken Fuß kickte er den Rollstuhl zur Seite. Dann trat er die Maschine an, die donnernd aufbrüllte. Einem Raucher fiel vor Schreck die Kippe zu Boden. Der Himmel gestattete sich ein Kleid aus weißblauen Wolken.

Carsten fuhr in Richtung Graf-Luckner-Weiher. Dorthin, wo er als Kind mit seinem Vater selbstgebaute Motorboote zu Wasser gelassen hatte. Die Fahrt auf dem Mittleren Ring ging überraschend gut. Beim Abbiegen in Richtung Randersacker rutschte der Sozius seitlich weg. Nur mit viel Geschick und Glück konnte Carsten die Maschine abfangen und einen Sturz verhindern.

Der Kies knirschte unter den Reifen, als das Motorrad auf den kleinen See zusteuerte. Vor einer der beiden Holzbänke, die wie Zwillinge auf den Weiher starrten, kickte Carsten den Seitenständer aus der Halterung. Behutsam setzte er seinen Vater auf eine der Bänke. Er nahm ihm den Helm und das Tuch ab, das immer noch um den Kopf gebunden war. Er überlegte kurz.

Aber da er fror wie ein Schneider, zog er seinem Vater die Lederjacke aus und warf sie sich mit bibbernden Lippen über. Er hatte den Toten in stabile Position gebracht. Carsten ging zum Motorrad. In der linken Packtasche hatte er für „Notfälle" immer zwei Bier dabei. Er öffnete die Flaschen und tröpfelte ein wenig der Flüssigkeit in den offenstehenden Mund des Vaters. Ein Schaumfaden lief seitlich am Kinn hinunter und tropfte auf den Hemdkragen. Carsten hob die Flasche an und prostete seinem Mitfahrer zu. Er dankte seinem Vater für die Geduld, die dieser aufgebracht hatte, als er der Familie eröffnete, das Gymnasium abzubrechen, um Polizist zu werden. Er zollte ihm Respekt, wie er den Tod seiner Frau überwunden hatte, während er, Carsten, immer noch damit haderte, sich mit der Mutter nie ausgesprochen zu haben. Carsten nahm einen tiefen Schluck aus der Pulle. Dann beugte er sich hinunter zu dem leblosen Körper und drückte ihm einen langen, intensiven Kuss auf die Stirn. Er erinnerte sich daran, wie er das erste Mal mit seinem Motorrad zu Hause vorgefahren war. Die Mutter hatte sich entsetzt die Hände vors Gesicht geschlagen und gezetert. Sein Vater hatte seine Frau liebevoll in den Arm genommen und gesagt: *Motorradfahren ist wie Fliegen. Du bist nur näher an der Erde!*

Carsten wischte sich die feuchten Augen trocken. Alles war gesagt! Er holte das Handy hervor.

„Entschuldigen Sie bitte, verbinden Sie mich dringend mit Station 2."

„Ja?"

„Hier Beck. Carsten Beck. Ich habe meinen toten Vater entführt. Keine Panik. Ich komme für alle Unannehmlichkeiten auf.

Es war mir sehr, sehr wichtig. Schicken Sie einen Krankenwagen zum Graf-Luckner-Weiher. Verzeihen Sie mir bitte mein Verhalten. Aber ich war das meinem Vater schuldig!“

„Unverschämtheit. Das wird nicht ohne Folgen bleiben. Wo sind Sie? Ist Ihr Vater bei Ihnen?“

„Graf-Luckner-Weiher. Ja, er ist bei mir. Alles ist gut. Und bitte keine Polizei. Ich bin selbst Polizist.“

20 Minuten später streichelte das Blaulicht des Rettungswagens zwei hölzerne Bänke und zwei Männer.

Von denen einer tot war.

An Klotz nagen Zweifel

Klotz rief die Mannschaft in den Besprechungsraum. Er hatte soeben ein Telefonat mit dem Kollegen Hümmer vom LKA beendet. Sein Blick verlor sich in der gegenüberliegenden Wand. Irritiert sah er zu Roland, der als Erster das Zimmer betrat. Klotz räusperte sich nervös.

„Nichts. Die haben nichts“, flüsterte er und Roland dachte bereits, sein Chef sei übergeschnappt.

„Aha. Warte, bis die anderen auch da sind. Dann musst du nichts zweimal erzählen.“

Klotz nickte. Seine Gesichtsfarbe sah alles andere als gesund aus.

Roland ließ sich auf den Stuhl plumpsen. Er säuberte seine Fingernägel mit einer umgebogenen Heftklammer.

Als Klotz das Ergebnis der Untersuchungen des LKA verkündet hatte, atmeten die Kollegen und Ingrid hörbar aus.

„Dann freuen wir uns doch, oder? Wann kommt Carsten wieder zu uns? Der geht doch ein wie eine Primel bei den Sesselpupsern im Präsidium.“ Alle lachten.

Klotz war wie immer ernst und konnte der Lästerei nichts abgewinnen.

„Das entscheidet das Präsidium. Noch hat die Staatsanwaltschaft das letzte Wort. Die Kollegen in München legen unverzüglich ihr Ergebnis vor. Das haben sie mir glaubhaft zugesichert.“ Klotz klopfte mit den Fingern auf einem Aktendeckel herum, in dem sich eine Anzeige von Roland verbarg, die er gegen Unbekannt vorgelegt hatte. Mal wieder eine klassische Hate-Speech-Geschichte, die nicht ausermittelt werden konnte, weil sich der Server irgendwo in der Südseebefand.

Als Roland bereits unter dem Türrahmen stand, um das Besprechungszimmer zu verlassen, rief ihn Klotz zurück.

„Ich gönne Carsten von ganzem Herzen, dass die Anzeige gegen ihn eingestellt wird. Aber was, Roland, wenn er doch eine Mitschuld am Tod dieser Frau trägt?"

„Mensch Kalle! Jetzt denk doch mal positiv. Die Kollegen haben ihre Arbeit gemacht und für Carsten sieht die Lage ganz gut aus. *In dubio pro reo* gilt immer noch. Dass die Linken keine Ruhe geben – geschenkt. Irgendwann beruhigt sich das schon wieder. Ich war dabei, als Carsten seine Pistole sauber im Holster verstaut hatte. Der spielt nicht mit dem Ding herum. Den Schuss muss jemand anderes abgegeben haben. Ich bleibe an der Geschichte dran. Vertrau mir einfach mal!"

„Deinen Optimismus möchte ich haben."

„Es macht mich wahnsinnig, dass da draußen einer herumläuft, der einen Menschen auf dem Gewissen hat, und Carsten diesen ganzen Mist ausbaden muss."

„Ich kann schon nicht mehr schlafen, wenn ich daran denke, dass wir dastehen wie die Deppen und Mister Unbekannt sich kaputtlacht über unser Tappen im Dunkeln." Klotz wirkte plötzlich sehr ernst. „Und diese Chaoten, die den Brandanschlag verübt haben, konnten wir immer noch nicht dingfest machen. Das macht mich auch wahnsinnig!" Er schaute Roland verschwörerisch an. „Mach mal die Tür zu."

Roland wurde unruhig. Jetzt flüsterte Kalle erneut.

„Aber wenn Carsten doch …"

„Kalle!" Roland nagelte Klotz mit seinem Blick im Stuhl fest.

„Ist ja gut, Roland. Ist schon gut!"

„Lerne endlich, deinen Leuten zu vertrauen. Weißt du zufällig was von der Beerdigung der Demonstrantin?"

„Warte! Irgendwo habe ich die Notiz." Er blätterte durch einen Stapel Papier. „Hier: heute Nachmittag. Die Leiche ist endlich freigegeben. Waldfriedhof. Ähm, Moment, 14 Uhr."

„Ich geh da hin. Vielleicht könnte es interessant werden."

„Tu, was du nicht lassen kannst. Ich kann's dir eh nicht verbieten."

Klotz fixierte die Akte auf seinem Schreibtisch. Er fächerte sie unkonzentriert auf und machte aus Gewohnheit sein Namenszeichen unter das Auslaufdatum.

Da war Roland bereits aus dem Zimmer verschwunden.

Einsam ins Totenreich

Die Sonne hatte das Grün unter den Bäumen freigelegt. Die Fassade des eckigen Baus der Friedhofsverwaltung war mit Efeu bewachsen. Roland ging achtlos daran vorbei. Sein Blick auf die Uhr sagte ihm, dass er noch eine halbe Stunde Zeit hatte, bis die Tote ihre letzte Ruhestätte finden würde.

Er entschloss sich, noch schnell das Grab von Maik Kummer, dem jungen IS-Terroristen, der einen fatalen Weg eingeschlagen hatte, zu besuchen. Es war eine perfide Ironie des Schicksals, dass er bei einem rechtsmotivierten Anschlag in Deutschland ums Leben gekommen war. Gerade als er begonnen hatte, sich für seine Taten zu verantworten. Das Leben schrieb die abstrusesten Geschichten. Im Stillen gedachte Roland des jungen Mannes. Immer noch ärgerte ihn, dass es ihm nicht gelungen war, Maik von der Ausreise nach Syrien abzuhalten. Das Grab war gepflegt. Maiks Vater legte akribisch Hand an, davon war Roland überzeugt. Ein Liebesbeweis, der zu spät kam.

Das Gebimmel der Kirchenglocke kündigte die Zeremonie an. Für Marianne Niehaus – die Tote. Gestorben durch die Kugel aus der Waffe eines Polizisten. Komisch, dachte Roland: Nie hatten sie in der Dienststelle den Namen ausgesprochen. Hatten immer nur von der Toten, der Demonstrantin, geredet und ihr so ihre Identität abspenstig gemacht. Roland hoffte inständig, heute, im Hier und Jetzt, eine Spur zu finden, die ihn weiterbrachte. Es machte ihn wahnsinnig, dass er meilenweit von einem Ermittlungserfolg entfernt war. Immer mehr war er der Ansicht, dass Carsten auf keinen Fall etwas mit dem Tod von Marianne Niehaus zu tun hatte. Er hatte noch mal mit den Kollegen in München telefoniert. Sie hatten nichts dagegen, dass er sich die nächste Zeit noch mal in der Wohnung des Opfers umsehen würde. Allerdings machten sie ihm natürlich süffisant klar, dass er sich das auch sparen könnte.

Zwei Männer in schäbigen Anzügen und offenbar mit schlechter Laune schoben einen Wagen aus der Aussegnungshalle. Sie waren in Gedanken ganz woanders, wahrscheinlich beim abendlichen Fußballtraining oder Stammtischtreffen. Auf dem Gefährt war die Urne drapiert. Ein schwarzer Schal darüber geworfen. Christliche Symbole hoben sich in goldener Schrift ab. Vorneweg schritt, eine Litanei nuschelnd, der Pfarrer. Er hielt einen Stab vor sich, auf dem Jesus am Kreuz hing und traurig zu Boden blickte. Es folgte: niemand. Roland stand etwas abseits und beobachtete mit scharfen Augen die Umgebung. Da war plötzlich diese Frau, bestimmt über 60Jahre alt, die im Abstand von etwa 30 Metern hinterherlief. Roland stutzte. Wer konnte das sein? Eine Nachbarin, eine Arbeitskollegin? Eine Freundin gar? Sie zog einen zweirädrigen Einkaufs-Trolley hinter sich her. Die rote Farbe stach hervor. Eine Plastikflasche Wasser, ein Regenschirm und Zellstofftaschentücher ragten aus der Tasche. In ihrer linken Hand hielt sie die Bibel.

Es war eine trockene, aber kalte Luft. Der Himmel sendete einen zarten Sonnenstrahl zur Erde, als würde er die Tote ins Jenseits begleiten.

Diese Frau, die nicht hierher zu passen schien, setzte kleine Schritte in ihren beigen Stiefelchen voreinander und lächelte vor sich hin. Sie achtete darauf, den Abstand zu wahren. Ihre Hände waren feingliedrig und von zu viel Seife sauber geschrubbt. Sie trug keine Handschuhe. Rolands Blick schweifte über das Gelände. Tatsächlich waren sie beide die einzigen Trauergäste.

Sie kamen zu einer Wiese. Ein ausgehobenes Loch, dazu die einstudierten Worte des Geistlichen. Einer der Totengräber trug die Urne zur Öffnung. Er versenkte sie im Boden, danach die Segnung. Schweigend entfernten sich die dunkel gekleideten Männer und der Pfarrer. Das Loch war ein schreiender Schlund, der die Überlebenden warnte, dass alles irgendwann ein Ende hatte.

Die seltsame Frau trat nun an das Loch. Sie sandte einen stummen Gruß in die Tiefe.

„Entschuldigen Sie! Kannten Sie die Tote?“

Sie erschrak. Wollte weg. Doch Roland zeigte ihr seinen Dienstausweis. „Keine Angst, ich bin von der Polizei. Ich habe nur ein paar Fragen.“

Die Frau sah ihn stumm an und schüttelte den Kopf. Dann blickte sie Roland mit Tränen in den Augen an.

„Hallo Sie, lassen Sie die Frau in Ruhe!“ rief einer der Totengräber aus der Ferne.

„Ich kenne die Frau nicht“, flüsterte die Alte. „Ich bin die Friedhofs-Marie. Ich erweise denen die letzte Ehre, die niemanden mehr haben auf dieser einsamen Welt. Ich begleite die armen Menschen in ihr Totenreich.“

Sie drehte sich um, ließ Roland konsterniert stehen und mit seinen Vermutungen alleine.

Als er kurz vor dem Ausgang war, drehte sich der Polizist noch einmal um. War es eine Fügung? Zufall? Jetzt stand doch tatsächlich ein Mann vor dem Urnengrab und schaufelte Erde hinein. Er nickte und ging wieder.

Roland stellte sich ihm in den Weg. Der Mann war Anfang 70. Das Leben hatte Spuren in seinem Gesicht hinterlassen. Eine Narbe zog sich über die rechte Wange. Er hatte den Hut tief ins Gesicht gezogen. Ein Schal verdeckte den Mund.

„Entschuldigen Sie, ich hätte da …"

„Verschwinden Sie, ich rede nicht mit Journalisten."

„Ich bin Polizist. Ich würde Sie gerne zu Marianne Niehaus befragen, wenn Sie gestatten."

Der Mann schaute kurz auf den Ausweis.

„Was wollen Sie von mir?"

„Kannten Sie Frau Niehaus?"

„Sie hat mal in Ostberlin gelebt. Ist nach dem Fall der Mauer rüber in den Westen. Wir sind uns damals, sagen wir einmal, etwas nähergekommen." Sein Blick ging zu Boden. Dann schien sich der Fremde wieder gefangen zu haben. „Ich habe von dem Vorfall in der Zeitung gelesen und wollte mich einfach von ihr verabschieden. Mehr ist das nicht. Kann ich gehen?"

„Natürlich. Wenn Sie mir kurz Ihren Namen und Ihre Adresse geben könnten, wäre ich Ihnen sehr dankbar. Nur für den Fall, dass ich noch Fragen habe."

„Mein Name tut nichts zur Sache. Mehr als ich Ihnen gerade erzählt habe, weiß ich nicht. Adieu."

Erst jetzt fiel Roland auf, dass der Mann seinen Berliner Dialekt nicht verhehlt hatte. Irgendetwas stimmte mit dem Mann nicht. Rolands Bauchgefühl meldete sich – ein untrügliches Zeichen. Aber was sollte er machen? Er musste den Mann ziehen lassen.

Er verfolgte ihn noch bis zum Parkplatz.

Kein Auto.

Verdammter Mist! Der Mann war in den Bus gestiegen, der ihm vor der Nase wegfuhr.

Ein Gespräch unter Freunden

Carsten hatte um das Treffen gebeten. Die Decke fiel ihm auf den Kopf. Die Beziehung zu Caroline war ins Stocken geraten. Trotz verzweifelter Anrufe, sich doch häufiger zu treffen, versteckte sie sich hinter einer angeblichen Erschöpfung durch die Arbeit und der Zuneigung zu ihrem Sohn. Sie hielt ihn hin, vertröstete ihn. Er ahnte nicht, dass auch in ihr bittere Ängste nagten.

Carsten plagten Selbstzweifel. Er war nicht mehr der, der er vor dem Unglück war.

Für Roland hörte er sich besorgniserregend an.

Er hatte nicht gezögert, sofort loszufahren, um Carsten zu Hause abzuholen. Regen tröpfelte sachte, doch unangenehm auf das Faltdach des Mazda Roadsters. Es war 19 Uhr. Carsten hatte gleich deutlich gemacht, dass er keine Lust auf Kneipe und Leute hätte. Kein Lärm, keine Hektik.

Roland fuhr runter zum Main. Carsten hatte Hunger und holte sich noch einen Döner in einem türkischen Imbissladen.

Sie standen am Kai, unweit der öffentlichen Toilette, in der vor langer Zeit, bei unerträglicher Hitze die Mordserie an Würzburger Polizisten ihren Anfang genommen hatte. Carsten drückte auf die Stopptaste des CD-Players. Bruce Springsteens *Last Man Standing* wurde abrupt abgewürgt.

„Schon krass, was ihr damals alles erlebt habt und dass deine damalige Freundin – wie hieß sie doch gleich? Rebecca, oder? – das alles überleben konnte. Und was ich heute noch irre finde, ist die Tatsache, dass ein Polizist der Mörder war. Das lässt einen nie los, oder? Ich glaube, ich hätte danach gekündigt." Carsten brach das Schweigen. Er faltete die Alufolie auseinander. Der Geruch des Döners breitete sich sofort im Innenraum des kleinen Autos aus. Roland ließ das Seitenfenster hinabsurren. Doch der Regen hatte zugenommen und tropfte ins Innere. Carsten biss herzhaft in das knusprige Fladenbrot. Knoblauchsoße lief ihm die Mundwinkel hinab. Mit der Serviette putzte er sich notdürftig sauber.

„Versau mir bloß nicht den Sitz!" Rolands Stimme klang nicht sehr amüsiert. Er schaute seinem Kollegen angewidert beim Essen zu. Carsten schien schon länger nichts Anständiges mehr gegessen zu haben, so wie er das Fleisch in sich hineinschlang.

„Wie läuft es im Präsidium? Hast du dich an die Erbsenzählerei gewöhnt? Wenn du Glück hast, sind die Ermittlungen bald bei der Staatsanwaltschaft und du kommst schneller wieder zu uns, als alle gedacht haben."

Carsten nickte mit vollem Mund. Sein Blick war geradeaus auf die dunkle Masse des Mains gerichtet. Der Fluss lag träge in seinem Bett.

„Hm, passt schon alles. Warten wir einfach mal ab, was das Schicksal noch so mit mir vorhat", mampfte er beinahe unverständlich. Ein Stück Salat flog vorne aufs Armaturenbrett. Roland langte hinüber und schnippte das Teil aus dem Fenster.

„Eigentlich wollte ich heute ins Kunsthaus Michel in der Semmelstraße. Dort findet eine Lesung statt. Aber du gehst natürlich vor."

„Literatur? Nein danke. Ich habe es mit dem Lesen nicht so. Oh, Scheiße!“ Zwei Brocken Dönerfleisch, an denen noch die Knoblauchsoße hing, waren auf Carstens Hose gefallen. Mit spitzen Fingern klaubte er sie auf und steckte sie sich in den Mund. Roland schüttelte den Kopf.

„Dass du so fettes Zeug in dich reinstecken kannst! Und wie das riecht! Nach altem Knoblauch! Eklig!“

Carsten schaute Roland schweigend an. Er riss die Beifahrertür auf. Stieg aus und warf die Dönerreste in hohem Bogen in den Fluss. Dann ließ er sich wieder in seinen Sitz plumpsen. Er rülpste. „Zufrieden, Chef?“

„Mit dir ist gerade auch nicht gut Kirschen essen, oder?“

„Hast du ein Bier?“

„Glück gehabt, mein Lieber.“ Roland griff in die Seitenablage und fischte eine Dose *Corona*-Bier heraus. Er grinste. „Erinnerung an beschissene Zeiten.“

„Danke, Kumpel. Boah, liegt mir echt im Magen, das Teil. Glaubst du, die Fische stinken aus dem Maul, wenn die jetzt den Rest meines Döners fressen?“ Er grinste.

„Schon möglich. Wenn es Zwiebelfische gibt, schwimmen jetzt eben Knoblauchfische im Main herum. Vielleicht halten sie so die Fressfeinde auf Distanz.“

Beide lachten sich kaputt. Was für irre Ideen sie doch aushecken konnten, wenn sie sich einfach mal wieder einer positiven Illusion hingaben.

„Was macht eigentlich deine neue Liebe Caroline?“

Carstens Miene verfinsterte sich wieder. Er stieß auf.

„Die Caroline! Ja, wenn ich das wüsste. Ich mag sie total. Sie ist hübsch, verständnisvoll. Wir haben uns auch ein paar Mal getroffen, aber …" Carsten blickte verlegen aus dem Seitenfenster. Der Regen hatte aufgehört.

„Aber?" Roland öffnete seine Tür, um frische Luft zu atmen.

„… aber sie versteckt sich hinter ihrer Arbeit. Kann ich ja verstehen. Und da ist noch ihr Sohn. Der hat so eine komische Krankheit. Irgendwas mit Aufmerksamkeitsdefizit-Tralala."

„ADHS?"

„Ja genau! Das ist echt ein schwieriges Bürschchen. Der hat einen Spider-Man-Fimmel. Der ist immer in Bewegung und macht komische Sachen. Da ist Caroline nicht zu beneiden. Und manchmal verstehe ich sogar, dass ich da die zweite Geige spiele." Carsten zuckte enttäuscht mit den Schultern.

„Wie alt ist der Junge? Hast du ihn schon getroffen?"

„Der ist, glaube ich, so um die zehn Jahre alt. Neulich war ich bei Caroline vor der Tür gestanden- mit einem Blumenstrauß in der Hand."

„Respekt! Alte Schule!" Roland grinste.

„Da hat der Paul, so heißt er, mich mit aufgerissenen Augen angestarrt, als sei ich ein Monster. Dann schrie er wie am Spieß, warf sich hin und trommelte mit den Fäusten wie ein Verrückter auf den Boden. Dann rannte er in sein Zimmer. Peng! Tür zu! Und ich stand da wie ein Idiot!"

„Und was hat Caroline gesagt?"

„Der war alles sehr peinlich. Sie nahm mir den Blumenstrauß ab. Ich wollte gehen, aber sie bat mich zu bleiben. Wir unterhielten uns in der Küche. In ihren Augen standen Tränen. Das ging mir alles wahnsinnig nah. Für mich kommt aber auch alles zusammen: mein Vater, Caroline, diese Ermittlung. Ich weiß momentan nicht, wie ich aus dieser ganzen Scheiße wieder rauskommen soll!"

„Ich kann dich gut verstehen. Erzähl erst mal weiter, wie es mit Caroline ausging!"

„Nun, sie hat mir erzählt, wie schwer sie es mit dem Jungen als Alleinerziehende hat. Die Wutausbrüche des Kindes, dem eine Vaterfigur fehlt. Ständig ficht Paul Kämpfe mit sich aus. Überall ist Chaos, keine Struktur. Sie weinte, als sie mir von ihrer Hilflosigkeit erzählte. Dieses Unverständnis von den Großeltern und den Lehrkräften. Immerhin fand sie eine Tagesmutter, sodass sie arbeiten gehen kann, um sich ein bisschen abzulenken. Paul und der Sohn der Tagesmutter gehen in dieselbe Klasse. Dann ist sie mir in den Arm gefallen und hat geschluchzt, bis mein Hemd völlig durchnässt war." Carstens Stimme vibrierte. „Dann habe ich sie geküsst. Das erste Mal. Und alles fühlte sich plötzlich richtig und toll an."

Roland klopfte Carsten aufmunternd auf die Schulter.

„Wird schon werden mit euch beiden. Hab Geduld und lass dem Paul einfach die Zeit, die er braucht, sich an dich zu gewöhnen."

„Seitdem habe ich zu Caroline keinen Kontakt mehr. Sie ließ mich nur kurz am Telefon wissen, dass Paul noch nicht bereit sei, einen Mann neben sich zu dulden. Das musst du dir mal vorstellen! Dieser kleine Pisser!"

„Wahrscheinlich war Carolines Ex-Mann ein wahrhaftiges Arschloch!"

Carsten nickte.

„Was würde ich nur ohne dich machen? Du fehlst mir ja jetzt schon. Ich möchte gar nicht darüber nachdenken, wie es sein wird, wenn du tatsächlich in Pension gegangen bist."

„Dann bin ich ja trotzdem nicht aus der Welt."

Carsten biss sich auf die Unterlippe und trank den Rest der Dose leer. Anschließend zerknüllte er das Blech mit der rechten Hand und legte es in die Seitenablage.

„Ich wäre jetzt gerne allein. Ich muss meinen emotionalen Gedankenstau auflösen." Er lächelte traurig und ignorierte Rolands fragenden Blick. „Danke für alles!"

Er stieg aus und ging in der Dunkelheit davon. Roland blickte ihm noch eine Weile nach. Dann suchte er bei Spotify von A Perfect Circle: *The Nurse who loved me* und versendete das Lied per WhatsApp.

„Ich werde dich aus deinem Schlamassel herausholen. Das verspreche ich dir!" Roland legte den Rückwärtsgang ein und ließ Springsteen, den Boss, das abgewürgte Lied weitersingen.

Als Carsten von der Dunkelheit beinahe verschluckt worden war, ploppte bei ihm auf dem Handy eine Nachricht von Roland auf. Er grinste und dachte, dass sein Leben gerade alles andere als ein perfekter Kreis war.

Er antwortete: „Du Arsch", suchte den Lach-Smiley und das *Daumen nach oben*-Symbol. Dann drückte er den Senden-Knopf.

Fisch & Wein

„Liebe Ingrid, ich habe mir mal ein paar Gedanken gemacht."

„Gedanken machen ist immer gut, lieber Roland." Die treue Seele des Kommissariats blickte ihr Gegenüber über den Rand des Computerbildschirms an und lächelte den trüben Morgen weg.

„Wir arbeiten jetzt zehn Jahre zusammen. Nie ein böses Wort, nie Streit."

„Die perfekte Beziehung."

„Wir sollten das feiern, Ingrid. Du bist die beste Kollegin, die man sich wünschen kann. Und es ist mir wichtig, jetzt, wo ich das sinkende Schiff bald verlasse, dir ein Angebot zu machen."

„Oh, Roland, wie romantisch. Ich habe schon richtig Bauchschmerzen, wenn du mal nicht mehr bei uns bist. Wer soll dem Kalle dann noch Widerstand leisten? Und ich muss noch volle acht Jahre arbeiten." Sie verzog ihr Gesicht zu einer angewiderten Fratze. Dann lachte sie und schob sich die Brille zurück auf die Nasenwurzel.

„Ich würde dich gerne in eine Heckenwirtschaft einladen. Nach Obereisenheim. Dort gibt es die einzigartige Kombination aus Fisch und Wein, die ihresgleichen sucht. Hast du am Freitag Zeit? Ich würde dich selbstverständlich abholen."

Roland parkte den Mazda am Flussufer. Die Fähre lag ruhig wippend an ihrem Ankerplatz. Stolz trug sie die angestrichenen rotweißen Farben. Galant öffnete Roland die Beifahrertür. Ingrid hatte sich richtig schick gemacht. Ihr schwarzer Wollmantel kleidete sie ausgezeichnet. Er stand im direkten Kontrast zum Rot ihres Lippenstifts. Sie liefen gut gelaunt den steilen Weg hoch in Richtung Heckenwirtschaft. Bestaunten währenddessen die Markierungen an der Hauswand des Gasthauses *Zum Schiff*, die anzeigten, wie hoch die Pegel des Mains gestiegen waren, wenn der Fluss mit dem Hochwasser nicht mehr klarkam. In der Türkenstraße angekommen grüßte von einer Hauswand ein aufgemalter Teufel – Symbolfigur für die Weinlage *Obereisenheimer Höll*.

„Die Muslime verfolgen uns auf Schritt und Tritt.“ Ingrid lachte und deutete auf das Straßenschild. Roland rang sich auch ein Grinsen ab.

„Schon komisch, dass es hier bei uns relativ viele muslimische Straßennamen gibt, nicht wahr? Ich habe das mal recherchiert. Da gibt es den Moscheeweg in Würzburg, und in den Haßbergen, in Rentweinsdorf, heißt eine Straße sogar wie das Land: Türkei.“

„Ich bin gespannt.“

„Während der Türkenbelagerung sechzehnhundertnochirgendwas bei Wien sollen Gefangene ins heutige Unterfranken in verschiedene Lager gebracht worden sein. Auch als Sklaven mussten manche armen Kerle dienen. Die Osmanen gründeten in den Lagern Gebetshäuser, also Moscheen, und brachten so ihre Traditionen zu uns. Angeblich gab es die ersten Kaffeehäuser in Würzburg. Vielleicht sind es nur Vermutungen, aber ich finde die Thesen richtig spannend. Und hoffentlich ändern die Leute die Straßennamen nicht aus irgendwelchen politischen Gründen.“

Ingrid nickte anerkennend, als sie die steile Treppe der Wirtschaft nach oben stiegen. Intensiver Geruch aus der Küche kroch in ihre Nasen. Die Tür zum Gastraum stand offen. Der Lärm der sich unterhaltenden Gäste war enorm. Hinter der Theke stand der Chef des Weinguts und schenkte Gläser ein. Mit listig-lustigen Augen blickte er die Neuankömmlinge an. Roland machte einen Schritt auf ihn zu.

„Ich habe reserviert. Zwei Personen für Utz."

„Nehmt den Tisch dort am Fenster!" Der Winzer deutete in einem vertraulichen Tonfall und einem Kopfnicken in Richtung des Tisches.

„Eine große Silvanerschorle und für die Dame einen Schoppen Silvaner, Alte Reben."

Die Bedienung, eine junge Frau, die die Tochter des Winzers sein musste, trug ein Festival-T-Shirt *Southside The Eagle hasn't landed 2020.* Sie war Roland auf Anhieb sympathisch.

„Wissen Sie schon, was Sie essen möchten?"

Roland schaute Ingrid fragend an.

„Die Silvanersuppe und die geräucherte Forelle, bitte."

„Okay, ich nehme das Zanderbrot", und als die junge Frau schon im Gehen war, schickte Roland noch „die Silvanersuppe hätte ich auch gerne" hinterher.

Ingrid nippte an ihrem Glas Wein und rollte verzückt mit den Augen.

„Hattest du in letzter Zeit mal Kontakt zu Carsten?"

„Ja, vor ein paar Tagen. Er wird Zeit brauchen, bis er über die Geschichte hinwegkommt. Ist ja auch blöd, wenn du dich an gar nichts mehr erinnern kannst. Sein Vater ist vor Kurzem gestorben und mit seiner neuen Freundin, dieser Krankenschwester, könnte es auch besser laufen."

„Tut mir leid für ihn. Richte ihm mal schöne Grüße von mir aus, wenn ihr euch das nächste Mal seht." Ingrid hatte ihr Glas bereits zur Hälfte geleert, während Roland sehr maßvoll trank.

„Ich habe mir auch so meine Gedanken gemacht, Roland. Ich kann mir vorstellen, dass diese Antifa-Typen hinter dem Ganzen stecken."

Roland zog die Augenbrauen nach oben.

„Ich kann diese Leute nicht leiden. Niemand schert sich um deren Sauereien, die sie überall hinschmieren. Ihre Aktionen verpuffen offensichtlich. Also denkt man sich einen Märtyrer aus. Oder in diesem Fall eine Märtyrerin. Die brauchen Aufmerksamkeit. Denen ist doch unser Staat scheißegal. Die verfolgen nur ihre eigenen Interessen. Ich sag dir, diese Leute sind Terroristen!"

„Das ist aber weit hergeholt. Klingt, als hättest du dir das bei der AfD abgeschaut. Das fände ich aber sehr traurig, Ingrid. Hätte ich dir auch nicht zugetraut."

„Stellst du mich jetzt auch in die rechte Ecke, nur weil ich …"

„Nein, aber du bist doch gebildet. Du kannst diese jungen Menschen, die sich für eine Welt stark machen, die meine Generation zu Tode gemolken hat, nicht so pauschal verteufeln."

„Ich habe nur Angst um unseren Carsten. Ich kann nicht glauben, dass er diese Frau erschossen haben soll. Ich kann richtig mitfühlen, wie es dem armen Kerl gehen muss. Der ist komplett aus der Bahn geworfen. Hoffentlich tut er sich nichts an."

„Mach dir da mal keine Sorgen. Ich habe schon ein Auge auf ihn und nicht den Eindruck, dass er gefährdet ist."

„Bitte tu alles, um Carsten aus dem Schlamassel zu ziehen. Er ist doch der, der noch am ehesten in deine Fußstapfen treten kann. Vielleicht haben die in München auch einfach nur schlampig ermittelt. Findest du nicht?"

Roland schwieg. Das Essen stand auf dem Tisch. Der leckere Geschmack ließ sie das Thema wechseln. Ingrid bestellte einen zweiten Schoppen.

„Ich fahre im Mai mit dem Hurtigruten-Schiff zum Nordkap. Das wollte ich schon immer mal machen. Jetzt habe ich mir das Geld zusammengespart."

Roland fiel auf, dass Ingrid leicht lallte.

„Mit diesem Postschiff?", fragte er.

„So isses. Traumhaftes Norwegen. Ich habe ein kleines Schiff gebucht: die *Polarlys,* das Polarlicht. Die Lichter werde ich im Mai wohl nicht mehr sehen, aber dafür fahren wir in die Fjorde, wenn sie eisfrei sind. Ich freue mich wie Bolle!"

Gut gesättigt und mit einem wohligen Gefühl im Körper verließen sie nach drei Stunden das Lokal und warfen nochmals einen sehnsüchtigen Blick auf das pinkfarben getünchte Haus des Familienbetriebs.

Als Roland vor dem Mietblock im Stadtteil Versbach anhielt, um Ingrid aussteigen zu lassen, legte sie ihm sachte ihre Hand auf den Oberschenkel. Sie hauchte ein „Danke für den schönen Abend" durch ihre Lippen. Dann stieg sie zügig aus.

Roland war stolz auf sich, dass er lediglich das eine Glas Schorle getrunken hatte. Er war sich sicher, dass er mit dem Alkohol keine Probleme mehr bekommen würde.

Ein Rechtsmediziner redet wirres Zeug

Am Samstagabend zog es Roland mal wieder in die Sanderstraße. Die Partymeile der Stadt. Zum Leidwesen vieler zugezogener Anwohner, denen der nächtliche Lärm und die Ausscheidungen der Betrunkenen gehörig auf die Nerven gingen. Sogenannte „Deeskalationsteams“, die von den Wirten bezahlt wurden, versuchten zumindest Schadensbegrenzung zu betreiben. Nun, Corona hatte seine Spuren hinterlassen. Wen wunderte es wirklich, dass die jungen Menschen jetzt einfach mal wieder Bock auf Feiern hatten?

Er hatte die *Sportschau* geguckt und sich wieder einmal geärgert, dass der BVB eine Chance, endlich mal wieder Deutscher Fußballmeister zu werden, liegen gelassen hatte. Es folgte nur sinnentleerte Abendunterhaltung für jene, die sich nicht mehr wehren konnten.

21 Uhr. Ab ins *Tscharlie,* eine Würzburger Institution. Die Kneipe hatte überlebt, nachdem die *Pille* und das *Caveau* geschlossen hatten. Seit über 40 Jahren hielt die Gastronomin, Lore Weigand, nun schon durch. Natürlich hatte das Leben der Szenewirtin zugesetzt und Spuren hinterlassen. Aber mutig und tapfer führte sie, mit der ihr eigenen Autorität, den Laden weiter. Und der Erfolg gab ihr recht.

Roland bestellte ein alkoholfreies Bier. Er wunderte sich über ein junges Paar, das in kürzester Zeit sechs Halbe und sechs *Jägermeister* vertilgte – jeder, schweigend. Dann gingen sie. Einfach so. Im Hintergrund lief Uriah Heep: *Lady in Black.* Der Discjockey schien aus der Zeit gefallen zu sein. Ein Schlacks, graumeliertes Haar, zum Zopf gebunden. Jetzt legte er von den Dire Straits *Sultans of Swing* auf. Roland wippte mit einem Fuß mit. Die Musik hatte so etwas Leichtes, Unbeschwertes. Als er gerade zu einem Schluck ansetzte, rempelte ihn ein offensichtlich Angetrunkener an.

„Tschuldigung. Herr Utz, oder?", lallte der Typ, dessen Atem unangenehm nach Bier roch. Roland wollte ihn genervt, aber trotzdem höflich beiseiteschieben, als er den Mann plötzlich erkannte. Er stutzte.

„Sie haben recht. Wir kennen uns tatsächlich. Sie sind in der Rechtsmedizin beschäftigt, richtig?" Entschuldigen Sie, Ihren Namen habe ich vergessen."

„Havemeyer. Dr. Havemeyer." Der Mediziner schwankte bedenklich. „Du kannst aber Friedhelm zu mir sagen."

Roland musste grinsen. Er hielt den Mann am Ellbogen fest, damit er nicht weiterschwankte. Dann hielt sich der Betrunkene am Tresen fest und blickte Roland mit glasigen Augen an.

„Tschuldigung, dass ich dich so anquatsche." Er leckte sich über die Oberlippe und trank einen mächtigen Schluck Bier. „Aber ich muss dir was Wichtiges sagen." Jetzt legte er seinen Zeigefinger zum Zeichen der Verschwiegenheit auf seine Lippen. Sein Blick wanderte nach links und rechts. Er vergewisserte sich, dass niemand ihnen zuhörte. Sein Oberkörper schwankte bedenklich hin und her. Ein kleiner Ausfallschritt – gerade noch konnte er den Tresen ergreifen. Im Hintergrund lief *Mit Pfefferminz bin ich dein Prinz* von Marius Müller-Westernhagen.

„Genau das würde dir jetzt guttun, so ein Pfefferminzbonbon, Herr Doktor", dachte Roland und grinste Friedhelm an.

„Was gibt es denn so Geheimes zu berichten? Sind die Toten auferstanden?“

Havemeyer machte ein beleidigtes Gesicht.

„Sie nehmen mich nicht ernst!“

„Du!“

„Stimmt! Du nimmst mich nicht ernst. Leichensäfte kompensiere ich mit Gerstensaft. So weiß ich, dass ich unter den Lebenden verweile.“ Sein Blick glitt hinter die Theke. Er orderte tatsächlich zwei Bier. Roland ließ es zu. Er überlegte, wie er sich aus dieser Situation befreien könnte.

„6. März 1978?“

Roland zog fragend die Augenbrauen nach oben.

„Bei der Obduktion der toten Demonstrantin bin ich auf einiges gestoßen.“ Er hielt sich wieder den Zeigefinger an die Lippen. Roland schaute ihn fragend an.

„Etiam tacere est respondere. Quis custodit custades. Vivere est militare. Na?“ Havemeyer boxte Roland in die Seite.

„Friedhelm. Ich verstehe kein Latein. Was soll der Scheiß jetzt? Du bist total besoffen und gehst mir ein bisschen auf die Nerven.“

„Scheiß? Jetzt pass mal auf!“

Roland seufzte. Das Bier hatte er noch nicht angerührt und hatte auch nicht vor, davon zu trinken. Friedhelms Spucke schoss nach vorne, als er wieder anfing zu labern.

„Schweigen ist auch eine Antwort. Wer bewacht die Wächter. Zu leben heißt zu kämpfen.“

„Mensch Friedhelm, lass mich bitte mit deinem Blödsinn in Ruhe. Ich habe frei und wollte den Abend einfach genießen. Ich gehe jetzt. Schönen Abend noch.“

Roland war genervt und hatte seine Stimme erhoben. Er nahm seine Jacke und zog sie sich über. Aus Friedhelms Mund tropfte Sabber. Seine Augen waren blutunterlaufen. Nun hielt er Roland an beiden Armen fest.

„Du musst mir glauben, Utz. 06.03.78! Ich habe das alles recherchiert. Todestag von Hennes Baumgartner, Heilbronn, RAF. Und bis heute ist nicht hundertprozentig klar, wer den Politiker umgebracht hat. Verstehst du nicht, Utz? Da ist eine große Verschwörung im Gange. Das muss dich doch interessieren!"

Havemeyer schien plötzlich völlig klar und stand kerzengerade vor Roland. Er blickte ihm in die Augen. Roland spürte einen eiskalten Hauch an seinem Rücken hochziehen. Havemeyers Augen verengten sich zu Schlitzen. Sie schienen ihn hypnotisieren zu wollen. Dann presste er heraus: „Die Tote hatte das alles auf ihrem Körper tätowiert, mein Lieber. Und jetzt kommt es dicke!"

Roland atmete tief ein und aus, war jedoch unfähig, sich dem Bann des Mediziners zu entziehen.

„Was für ein Spinner. Den ganzen Tag mit Toten zusammen zu sein, muss was mit einem machen", dachte er, als Friedhelm schon wieder weiterquatschte.

„Eine wichtige Behörde bat meinen neuen Chef, dass die Tote möglichst schnell kremiert werden sollte. Na, klingelt es?" Er wartete eine mögliche Antwort nicht ab. Setzte sein Glas an und trank es in einem Zug leer. „Das ist mal eine Story, oder?" Zufrieden leckte er sich über die Lippen und wischte den Mund mit dem Handrücken sauber.

„Tolle Geschichte, ja. Aber hast du Beweise für deine Theorien?"

Roland erinnerte sich vage an das Attentat. Damals war er noch ein Jugendlicher. Viele seiner Freunde sympathisierten sogar mit der RAF, weil sie glaubten, dass die selbsternannte Armee einen neuen, sozialen Staat schaffen wollte. Jahre später stellte sich heraus, dass der Verfassungsschutz eine undurchsichtige Rolle bei der ganzen Sache spielte. 1978–45 Jahre ist das jetzt her. Roland schüttelte den Kopf. Er wollte sich nicht in dieses Fantasieschauspiel eines Betrunkenen hineinziehen lassen. Er klopfte Friedhelm auf die Schulter.

„Lass mal gut sein, Friedhelm. Ich mache mir mal Gedanken über deine Theorien. Es gibt doch bestimmt Fotos von den Tattoos! Die kannst du mir mal zuschicken."

„Weg! Alles weg! Es gibt keine Unterlagen mehr bei uns. Das ist ja das Verrückte. Und jetzt haben sie die Frau verbrannt, und damit die Tätowierungen. Verstehst du nicht? Da läuft was Irres, und du glaubst mir nicht!" Er zuckte mit den Schultern. Dann drehte er sich um, ging zum DJ und gestikulierte wild mit den Armen. Roland hörte nur: „Haste das von ..., ich weiß nicht, wie die heißen. Bum, bäm, tschäng, päng! Na? Kennste doch."

Der Musikaufleger schaute Friedhelm freundlich lächelnd an. Dann spielte er *Alkohol* von Grönemeyer.

Als sich Friedhelm enttäuscht umdrehte, war Roland verschwunden.

Waldbaden

Roland hatte schlecht geschlafen. Der Abend zuvor hatte ihm mehr zugesetzt, als er gedacht hatte. Seltsame Träume ließen ihn immerzu aufwachen. Mürrisch kochte er sich seinen Kaffee und biss lustlos in ein Brötchen vom Vortag.

Er hatte von Würzburg die Schnauze voll. Das Wetter versprach trocken zu bleiben. Er brauchte einfach mal Natur – reine Natur. Ohne nach ein paar Metern wieder auf Beton und Asphalt zu stoßen. Steigerwald, Handthal. Ein wenig wandern. Den Geruch der Bäume einsaugen.

Sein in die Jahre gekommener Mazda ließ ihn immer noch nicht im Stich. Autobahn, A 3, Ausfahrt Wiesentheid. Hinüber nach Prichsenstadt. Roland wunderte sich, wie viele Wohnmobile bereits unterwegs waren. Klar, in Franken passte das Preis-Leistungs-Verhältnis. Und die Gegend war einfach umwerfend schön. Oberschwarzach. Beinahe hätte er übersehen, dass er rechts abbiegen musste. Die Reifen gaben gequälte Schmerzensschreie von sich, als er das Lenkrad scharf einschlug. Die 50 Kilometer waren vorbeigezogen wie nichts.

Seine Gedanken kreisten noch mal um den gestrigen Abend. Er konnte das Gespräch einfach nicht ignorieren. Havemeyer war ein irrer Typ. Was Alkohol mit einem Menschen machen kann. Er war froh, dass er aus dieser Abhängigkeitsspirale herausgekommen war. Es war ein harter Kampf mit sich selbst gewesen, aber sein absoluter Wille hatte die Oberhand behalten.

Handthal. Am *Café Lust* rechts vorbei, hinter zum *Forellenhof*. Hier konnte er parken. Er drückte die Stopptaste bei Spotify und

Altin Gün beendeten *Doktor Civanim* von ihrem neuesten Album. Das Damwild hinter der Einzäunung lag müde und faul im Gras und nahm keine Notiz von ihm. Als er in Richtung Steigerwald-Zentrum loslief, prägte er sich ein, dass er später im Weingut noch eine Kiste *Signatur* mitnehmen wollte.

Er tauchte ein in die Atmosphäre dieses Naturparks. Er drehte sich um und blickte hinüber zur Stollburg, die auf einer der höchsten Erhebungen des Steigerwalds thronte.

Der Wald umarmte ihn wie einen alten Freund. Roland bildete sich ein, dass er hier die Luft tiefer in die Lungen einsaugen konnte, was ihm wahnsinnig guttat. Er erfreute sich an den Tümpeln, aus denen abgestorbenes Gehölz ragte. Es glich Hilfe suchenden Armen, die nach Rettung gierten. Biber hatten sichtbar ihre Spuren hinterlassen. Ein dick eingemummelter Mountainbike-Fahrer raste ihm entgegen. Komisch, dachte Roland: Viele Sportler vergessen aufgrund ihres Fitnesswahns das Wesentliche: das Entschleunigen.

Roland setzte sich auf einen unbequemen Stein. Er lauschte in den Wald, der ungehemmtes Leben verhieß. Buchen und Eichen rahmten ihn ein. Wildschweine hatten sich vor Tagen genussvoll im Unterholz gesuhlt. Roland erspähte einen in Sandstein gehauenen Bildstock, der sich hinter Ästen vorsichtig verborgen hielt. Ein sogenanntes „Marterl". Die Jahreszahl 1511 war eingehauen. Roland trat näher und betrachtete das Steinbildnis genauer. Auf den vier Flächen waren Passionsszenen dargestellt. Die plastischen Figuren hatten aufgrund der Witterung Moos angesetzt und stark gelitten. Der gekreuzigte Heiland schien die Hände eines Leprakranken zu haben. Der am Fuß drapierte Totenschädel blickte Roland herausfordernd an. „Denk nach!“, schien er ihn aufzufordern. Rolands Gedanken wurden übermannt vom Vorfall, bei dem die Demonstrantin erschossen worden war. Er war überzeugt, dass ein bis dato Unbekannter die Frau umgebracht hatte. Ingrid traute der Antifa zu, dass sie in die Sache verwickelt war. Möglich, aber sehr unwahrscheinlich. Und jetzt kam dieser Havemeyer und machte im Suff einen Geheimdienst verantwortlich. Abstruser ging es kaum noch. Roland schüttelte den Kopf. Er musste sich an die Fakten halten und durfte sich nicht von so spinnerten Argumenten runterziehen lassen. Klotz hatte immer noch Zweifel an Carstens Unschuld und glaubte, der habe doch an seiner Waffe herumgespielt. Roland schloss das kategorisch aus. Dafür kannte er Carsten einfach zu gut. Dann war da noch diese seltsame Jenny Budig. Die wusste irgendwas, da war sich Roland sicher. Aber die junge Frau war nicht zu knacken. Und er hatte keine Handhabe gegen sie. Abwarten? Oder einfach noch mal einen Versuch der Befragung wagen? Dann fiel ihm ein, dass er zumindest eine Rundmail schreiben könnte, in der er die Inspektionen bat, ihn zu verständigen, sobald Jenny aus irgendwelchen Gründen festgenommen werden sollte. Vielleicht hätte er dann ein Druckmittel in der Hand und diese Göre würde gesprächiger werden.

„Sag du's mir! Du weißt doch angeblich alles!“, herrschte er den steinernen Heiligen an. Doch der schwieg. Wie immer, wenn er sich einmischen sollte.

Roland trat einige Meter neben das Marterl, schaute sich nach allen Seiten um und pinkelte seinen Morgenkaffee auf den Waldboden.

Er hatte genug. Der Tag verschaffte ihm ein bisschen mehr Platz in seinem Gedankenlabyrinth.

Obwohl die Winzerehefrau sehr nett war, hatte Roland keine Lust auf Small Talk. Schweigend lud er den Silvaner in den Kofferraum. Er bezahlte mit Karte und verabschiedete sich mit knappen Worten.

Dann fuhr er die Strecke über Volkach, an der alten Bahnlinie entlang, in Richtung Würzburg.

Klotz räumt auf

„So Leute, ich habe mal zusammengetragen, was uns die Linken die letzten Wochen alles eingebrockt haben. Und siehe da, ich habe tatsächlich Durchsuchungsbeschlüsse bekommen. Wagenburg, Heidingsfeld! Matterstockstraße! Haydnstraße! Wir bekommen Unterstützung durch die BePo!“

Klotz frohlockte. Er schlug mit beiden Händen flach auf die Akte, die vor ihm auf dem Schreibtisch lag. Er schaute wie ein Triumphator in die Runde.

„Wird ja auch Zeit, dass wir der Antifa mal in den Arsch treten!“, war der Kommentar Hilmars. Klotz' Augen blitzten. Roland sah, dass in ihm das Jagdfieber ausgebrochen war. An Roland gewandt sprudelte zu allem Überfluss noch aus ihm heraus: „Jetzt haben deine Teerunden bei den Moslems mal Pause. Die Prioritäten liegen auf der Hand und ich habe volle Rückcndeckung von ganz oben. Ich erwarte, dass wir endlich die Schweine kriegen, die das Polizeiauto abgefackelt haben. Alles klar?“

Roland schaute Klotz verächtlich an, schwieg aber.

Im seinem Bürozimmer sitzend fragte er Ingrid:

„Sag mal, hast du deine Theorie, die Antifa hat was mit dem Tod der Demonstrantin zu tun, etwa auch Kalle erzählt?“

Ingrid trank erst einen Schluck aus ihrer Kaffeetasse, dann räusperte sie sich nervös.

„Nicht direkt“, antwortete sie.

„Nicht direkt?“ Roland war sauer. „Du weißt doch, dass Kalle auf jeden Zug aufspringt, der die Munition geladen hat, um die Linken aufzumischen."

„Jetzt beruhige dich mal wieder, ja! Schließlich sind das keine harmlosen Spinner. Die haben Polizeiautos angezündet und beschmieren die ganze Stadt mit ihren Parolen."

„EIN Polizeiauto! EINS!"

„Eins ist ja wohl schon zu viel. Jetzt nimm mal Vernunft an. Die Stadt braucht mal wieder Ruhe!"

„Entschuldige, ihr habt ja recht. Mir geht nur dieses Linken-Bashing auf den Keks. Immer wieder suggeriert uns Kalle, dass die größte Gefahr für die Demokratie von den Linken ausginge. Der hat doch eine Genickstarre. Wenn er mal nach rechts blicken würde, würde er sehen, wo der wahre Feind der Demokratie hockt. Aber ist schon okay. Die müssen auch mal merken, dass man sich an Gesetze halten muss. Ich bin gedanklich vielleicht schon zu sehr in meiner Pension angekommen. Immerhin hatten wir noch keine Klima-Kleber hier."

„Hier muss sich gar keiner auf die Straße kleben. In Würzburg stehst du doch eh immer im Stau!"

Beide sahen sich an und brachen dann in lautes Gelächter aus.

Um 06.00 Uhr morgens klopften Polizeiteams an die Türen der ihnen zugewiesenen Wohnungen und Treffpunkte. Die Betroffenen waren von der Aktion sichtlich überrascht. Schlaftrunken ließen sie die Einsatzkräfte gewähren. Nur ein Bewohner war so schlagfertig, einen Anwalt anzurufen.

Anzeichen von Straftaten, die eine Festnahme rechtfertigen konnten, fanden die Beamten und Beamtinnen nicht. Klotz, der den Einsatz leitete, wurde unruhig. Er saß in seinem Büro und koordinierte die Aktion.

„Verdammt! Irgendetwas Relevantes muss doch noch rausspringen“, flehte er das Funkgerät an. Dann klingelte das beige Telefon. Er riss den Hörer aus der Halterung.

„Herr Klotz, wir haben da etwas gefunden.“ Ein junger Bereitschaftspolizist meldete sich zögerlich.

„Ja was denn? Machen Sie's doch nicht so spannend, Mensch!“

„Wir haben hier eine Frau, die uns nicht sagen will, wie sie heißt. Wir haben ein Schreiben bei ihr gefunden. Soll ich es Ihnen mal vorlesen?“

„Machen Sie hin!“

„*Die Polizei löst bestehende Probleme nicht, sondern verschlimmert sie nur. Sie stabilisiert bestehende Machtverhältnisse. Woher kommen diese patriarchalischen Strukturen im Polizeiapparat?* Aber jetzt kommt es …“

Klotz trommelte nervös mit den Fingern auf der Tischplatte.

„Sind Sie noch dran?“

„Ja verdammt! Was kommt?“ Er hörte ein Rascheln an der anderen Leitung.

„*Dass Bullenkarren brennen, finden wir legitim, um auf Polizeigewalt hinzuweisen. Gewalt erzeugt immer Gegengewalt. Und die Gewalt geht eindeutig vom Staat aus. Die tote Genossin von der Demo, die friedlich ihren Protest zum Ausdruck bringen wollte, wurde von einer Bullenkugel getötet. Wir können und wollen nicht glauben, dass das ein Zufall war! Marianne ist ein weiteres Opfer von Polizeigewalt. Wir werden sie nie vergessen und für Gerechtigkeit kämpfen!*“ Der junge Polizist atmete hörbar aus. Er schien nervös zu sein.

Klotz überlegte kurz. Bisher hatten sie nur kleine Mengen an Betäubungsmitteln und drei Notfallhämmer sicherstellen können. Wenn er Glück hatte, würde die Auswertung von Mobiltelefonen und Notebooks noch Hinweise auf Straftaten bringen. Er seufzte. „Nehmen Sie die Frau zur Identitätsfeststellung mit auf die Wache. Ich kümmere mich persönlich darum."

Als Klotz der jungen Frau gegenübersaß, schwiegen sich die beiden so unterschiedlichen Menschen feindselig an. Beide schauten sich in die Augen und überlegten, wer als Erstes wegsah. Die Frau war um die 20 Jahre alt, trug eine Jeans und einen beigen Norweger-Pullover mit Mustern. Ihre Füße steckten in schwarzen Doc-Martens-Stiefeln. Die Haare waren rappelkurz geschoren. Unter dem linken Auge irritierte Klotz ein übergroßes Muttermal.

„Sie wissen, warum Sie hier sind?"

Stille. Sie beendete das Augenspiel und blickte demonstrativ aus dem Fenster. Vor ihr stand, unberührt, ein Glas Wasser.

„Ich habe Sie hierherbringen lassen, weil wir nicht wissen, wer Sie sind. Und wenn Sie von dem brennenden Polizeiauto schreiben, wäre es sehr hilfreich, wenn Sie uns erzählen, was Sie wissen. Auch als Zeugin sind Sie verpflichtet, uns von Straftaten zu berichten. Aber das wissen Sie ja längst. Und was wissen Sie über die, ähm, getötete Demonstrantin?"

Die junge Frau grinste spöttisch, schwieg aber weiterhin.

„Sie sind verpflichtet, mir Ihren Namen und Ihre Adresse zu nennen. Wenn Sie kooperieren, sind Sie schnell wieder draußen."

Die Frau drehte sich zu Klotz um und beugte ihren Oberkörper nach vorne.

„Simone Krahwinkel, geboren am 30.04.2002. Ich wohne in einer WG in der Gutenbergstraße, oberhalb der *MiezeKoze*. Ich bin noch nicht gemeldet, werde das aber selbstverständlich nachholen, Herr Kommissar."

„Na also. Warum seid ihr Linken nur immer so bockig?" Klotz hatte eifrig alles notiert.

„Mehr kann und will ich nicht sagen. Ich möchte jetzt eine Anwältin anrufen. Hier: die Nummer von der *Roten Hilfe*."

Nach einem kurzen Telefonat übergab Simone den Hörer an Klotz. Der biss sich auf die Zähne, schloss genervt die Augen und übergab den Hörer noch mal an die Festgenommene.

„Sie können jetzt gehen. Kann ich Sie telefonisch erreichen? Die Frage kann ich mir eigentlich sparen, oder? Leute wie Sie sehen in uns Polizisten immer nur Bastarde, stimmt's? *ACAB – All cops are bastards*! Mist ist das! Wir schützen nur eine Demokratie, die zumindest ich sehr schätze. Verstehen Sie das nicht? Ich zum Beispiel übersetze *ACAB* immer mit …"

„Interessiert mich nicht!"

Simone Krahwinkel stand gähnend auf, grinste Klotz an und verließ schweigend das Büro in der Augustinerstraße.

Als Klotz in sein Büro zurückkam, hatte er denkbar schlechte Laune. Roland erwartete ihn.

„Glückwunsch, Kalle. War ein voller Erfolg deine Aktion, oder? Ich habe zumindest wieder was gelernt. *FsB – Feiern statt Bayern*. Cool!"

Klotz fegte das Tütchen mit Marihuana und die drei Nothämmer vom Schreibtisch. Die Sachen flogen mit Karacho gegen die Wand. Hilmar lugte durch die Tür und schaute mit fragendem Blick auf die Asservate am Boden.

„Übrigens, Chef, die Nothämmer haben wir gleich beim Spurendienst durchchecken lassen. Wir haben die Spuren mit denen von dem Nothammer, den der Täter am ausgebrannten Polizeiauto zurückgelassen hatte, abgeglichen. Leider keine Treffer. Alles unbrauchbar und fragmentarisch."

„Täter*in."

„Hä?"

„Du sprachst gerade vom Täter am ausgebrannten Auto. Könnte doch auch eine Frau gewesen sein."

„Roland, du gehst mir mit deinem Gender-Scheiß gehörig auf die Nerven. Mach das mit deinen Sozialpädagogen und Sozialpädagoginnen", er äffte Roland nach, „aber lass mich bitte damit in Ruhe!"

„Schon klar, Hilmar. Immer im Alten verhaftet bleiben. Nur nicht aufgeschlossen für Neues."

Hilmars Augen funkelten und seine Wut auf Roland war spürbar.

„Alter weißer Mann", flüsterte Roland, als er das Büro verließ. Niemand hatte ihn gehört.

Als Klotz wieder alleine in seinem Zimmer saß, die Tür verschlossen, hörte man einen wütenden, lang gezogenen Schrei.

Am nächsten Morgen wedelte Klotz mit einem Ausdruck aus dem Internet. Sein Kopf hatte eine hochrote Farbe angenommen.

„Hast du Probleme mit dem Blutdruck? Pass auf dein Herz auf, Kalle!“ Roland tat besorgt, war es aber nicht.

„Dieses Miststück! Das war bestimmt diese fiese, linke Schlampe von gestern.“

„Jetzt mäßige dich mal. Das ist ja nicht zum Aushalten. Du bist hier der Chef. Zeig mal ein wenig mehr Souveränität. Was ist passiert?“

„Hier!“ Er zeigte erregt auf das Blatt Papier. „Schreiben die doch glatt meinen Namen auf ihre Scheißplattform. Ich zitiere: *Ein Bulle versuchte gestern, an Informationen zum abgefackelten Bullenauto zu gelangen. Außerdem stellte er die Schuld des Bullen am Tod von Marianne in Abrede. Die Genossin ging nicht auf die Nachfrage des Bullen ein und rief sofort die Rote Hilfe an. Damit hat sich die Genossin richtig verhalten. Bei dem Staatsschützer handelt es sich um Karl-Heinz Klotz aus Erlabrunn. Weitere Infos zu ihm gibt es auf der Homepage von Erlabrunn-Korbball. Jeden Anquatschversuch öffentlich machen! Feuer und Flamme der Repression!*

Arschlöcher sind das, echt!“

Klotz ließ sich erschöpft in seinen Schreibtischstuhl sinken.

„Da hast du dir harte Gegner ausgesucht, Kalle. Das tut mir leid für dich.“ Ingrid klopfte ihm mitleidig auf den Rücken.

Roland fand die Aktion der Linken nicht in Ordnung. „Das sind nur Schaumschläger, Kalle. Melde das dem Präsidium. Bei den Ermittlungen wird wahrscheinlich nichts rauskommen, aber vielleicht beruhigt dich das.“

„Arschlöcher! Echt!“ Klotz’ Stimme war leise und klang resigniert.

Die Auswertungen der sichergestellten Speichermedien glichen einem Nackenschlag. Null Hinweise auf Verwicklungen in den Anschlag auf das Polizeiauto, auf die Sachbeschädigungen oder gar auf die Todesumstände der Demonstrantin Marianne Niehaus.

Ab diesem Zeitpunkt hielt Klotz seine Bürotür verschlossen. Niemand sollte sehen, dass er wie ein geprügelter Hund vor sich hinstarrte und Antidepressiva einwarf.

Roland denkt über die Zukunft nach

Feierabend.

Die Ereignisse der letzten Stunden und Tage ließen ihn keine Ruhe finden. Diese Hektik. Diese Menschen! Die nur noch dogmatisch ihre Meinungen vertraten und keine Zwischentöne zuließen. Das alles ging ihm sehr gegen den Strich.

Sein Kühlschrank glotzte ihn halb leer an. Er holte den letzten Rest der Streichwurst raus, schmierte sich ein Brot und tippte auf Spotify elektronische Musik von Sankt Otten ein: *Zwischen Demut und Disco.*

Er stellte fest, dass ältere Kollegen in ihren konservativen Weltvorstellungen verhaftet waren, während die Jungen hinter ihren Schreibtischen hockten, Vermerke in den PC hackten und sich weigerten, hinauszufahren, um den Kontakt zu den Menschen zu pflegen. Sie waren froh, wenn ihnen Klotz sinnlose Anzeigen zuschusterte, die sie akribisch in die Länge zogen.

Roland spürte immer deutlicher, dass seine Zeit als *Mann der Straße* abgelaufen war. Die Reibereien mit Klotz zermürbten ihn auf Dauer. Es war ein Kampf gegen die berühmten Windmühlen gewesen.

Carsten hatte sich immer mehr in sein Schneckenhaus zurückgezogen. Er konnte es ihm nicht verdenken. Roland hoffte, dass seine fragil zu scheinende Liebe zu dieser Krankenschwester eine Zukunft hatte. Er wünschte es ihm von ganzem Herzen. Wusste er doch selbst aus leidvoller Erfahrung, was eine zerbrochene

Liebesgeschichte mit einem machen konnte. Ein Blick auf die Playlist: *Wir sind die Guten*.

Die anstehende Pensionierung machte ihm schon ein wenig Angst. Würde ihn die Einsamkeit umschlingen und ihm sachte die Luft abschnüren? Er weigerte sich, sich mit *Tinder* oder ähnlichen Plattformen des Kennenlernens auseinanderzusetzen. Zu groß war die Furcht vor Verletzungen.

Er strich sich nachdenklich mit den Fingern über seinen Bart. Schluckte den Rest des Brotes hinunter. Wischte heruntergefallene Brösel von seinem Oberschenkel und nahm einen tiefen Schluck Mineralwasser aus der Flasche.

Dann grinste er, weil ihm der Gedanke in den Sinn kam, sich als Gästeführer bei der Stadt Würzburg zu bewerben. Ein Motto könnte sein: *Verbrecherisches Würzburg – Auf den Spuren fast vergessener Kriminalfälle in der Domstadt*.

Er verwarf den Gedanken wieder. Sein Bedarf an Verbrechen war nach über 40 Dienstjahren gedeckt. Er wollte sich endlich mehr den schönen Künsten widmen. Sein Klavierspiel forcieren, vielleicht sogar Geige spielen lernen.

„Ich werde den Job trotzdem vermissen. Die Menschen und deren Schicksale, die ja das Menschsein schließlich ausmachten. Die Verrückten, die Spinner", dachte er. „Aber ich bin mir sicher, dass ich das Beste aus meiner freien Zeit machen werde."

Die supernetten Damen vom Präventionsnetzwerk hatten ihm gesagt, er solle sich auf jeden Fall melden. Vielleicht fände man eine Möglichkeit der Zusammenarbeit. Dafür war er ihnen äußerst dankbar und hatte sie zu einem Kaffee eingeladen.

Die Dämmerung zog den Vorhang zu, um der Dunkelheit Raum zu lassen.

Ende der Musik: *Der Abend ist gelaufen.*

Carsten ringt mit der Liebe

„Du hast was auf dem Herzen!"
Caroline schaute besorgt. Ihre Stirn hatte sich in Falten gelegt. Sie wusste, auf was es hinauslaufen würde.

„Nein, ist schon gut", wich Carsten feige aus und nippte von seinem Cappuccino. Im Hintergrund des Cafés *D.O.C.* rumpelte eine Straßenbahn vorbei.

Carolines Blick verfinsterte sich. Sie sah richtig sauer aus.

„Es gibt eins, was ich auf den Tod nicht leiden kann …" Sie beugte sich nach vorne und nagelte Carsten mit ihren Augen fest. „… wenn mich jemand anlügt und nicht zu dem steht, was er denkt. Also – was ist los?"

„Nun …" Carstens Stimme zitterte und verließ seinen Rachen nur zögerlich. Die Innenflächen seiner Hände schwitzten. Der Magen krampfte sich zusammen. Dann brach es aus ihm heraus. „Wir treffen uns immer seltener. Und wenn wir uns treffen, immer außerhalb. Nie bei dir zuhause. Nur, weil dein Sohn …"

„Der Sohn hat einen Namen", erwiderte Caroline mit ärgerlichem Unterton.

„… nur weil Paul etwas gegen mich hat. Das liegt sowas von auf der Hand. Das ist doch nicht normal. Ich habe dem Jungen nichts, aber auch überhaupt nichts getan. Denk doch bitte mal an dich – an uns!", flehte er und knallte die Tasse auf den Tisch.

„Wie oft muss ich es dir noch sagen: Paul kann nicht normal sein. Er ist krank. Das muss endlich mal in deinen verbohrten Schädel, verdammt noch mal. Es ist mit euch Typen immer das Gleiche: Ihr denkt nur an euch. Ihr seid unverbesserliche Egoisten. Da ist dieses Kind krank und ich versuche das Bestmögliche, was mir wahrlich nicht immer gelingt, und dann kommt ihr Scheißtypen daher und fühlt euch in eurem Stolz, in eurer Eitelkeit verletzt. Dass ich nicht lache." Caroline war jetzt in ihrem Element. Ihre Wut, ihre Verletzlichkeit, ihre Kränkungen brachen sich Bahn.

„Ich hatte wirklich innig gehofft, dass du keiner von denen bist, Carsten. Dass du dich aus diesem patriarchalischen System befreit hast und uns Zeit gibst, damit wirklich etwas wachsen kann. Ich hatte mich in dich verliebt. Ich hätte es besser wissen müssen. Schade!" Tränen rannen aus ihren Augen und nahmen den Kajal mit auf eine kurze Reise. Vom Nebentisch äugte ein älterer Herr mit grauer Mähne und Vollbart herüber. Caros Blick ließ ihn aber sofort wieder in eine andere Richtung schauen.

Carsten versuchte sich zu rechtfertigen. Er spürte, dass alle Felle wegschwammen. Diese verfluchte Leere kroch in ihm hoch.

„Caro! Bitte! Das siehst du alles völlig falsch. Ich möchte nur, dass wir beide mehr voneinander haben. Dazu gehört aber auch, dass Paul lernt, mich zu akzeptieren. Dieses eine Mal, als wir bei mir waren und miteinander geschlafen haben, war einfach wunderschön. Ich hätte das eben gerne häufiger. Und ich möchte auch, dass Paul ein fester Bestandteil unserer Beziehung wird. Ich möchte keine oberflächliche Beziehung. Dafür liebe ich dich zu sehr. Ich weiß doch selbst, wie es ist, wenn man in der Schusslinie steht und nicht weiß, wie einem gerade geschieht."

Caroline hatte die Augen geschlossen.

Sie brach das Schweigen, das für Carsten eine Ewigkeit zu dauern schien.

„Ich muss nachdenken. Es ist alles zu viel für mich: Paul, die Geschichte mit dir. Es ist so kompliziert. Zwei Baustellen kann ich gerade nicht bewältigen."

Sie strich ihm über die auf dem Tisch liegenden Hände. Stand auf. Hauchte ihm einen flüchtigen Kuss auf die Wange und ging.

Carsten saß da. Der Alte mit dem Bart glotzte ihn an. „Was gibt's?", blaffte er ihn an. Der Mann hob abwehrend eine Hand und trank seinen Espresso aus. Die Luft war kalt und trotzdem aufgeladen mit unheilvoller Energie. Carsten schloss den Reißverschluss seines Anoraks und zog ihn bis zum Kinn hoch. Ein paar Sonnenstrahlen versuchten verzweifelt mit etwas Wärme durch Carstens Panzer zu dringen. Er nahm die beiden Tassen vom Tisch und trug sie an die Theke. Die italienischstämmigen Bedienungen bedankten sich freundlich lächelnd.

Sein Inneres war in Aufruhr. Heute Morgen hatte er in der *Main-Post* einen Artikel über die Erlöserschwestern gelesen, die in der Domerschulstraße ihr Kloster für die Öffentlichkeit zugänglich gemacht hatten. Die Schwestern versprachen Erlösung, von allem von dem, was das Leben einengte und behinderte. Sie standen für das *JA* im Leben ein. Und Carsten wusste, dass sein Weg ihn jetzt, unverzüglich, dorthin führen würde.

Er durchschritt das Eingangsportal. Ignorierte die Dame an der Rezeption und ging wie in Trance am Begegnungscafé *MARES* vorbei. Baulärm übertönte die erwünschte Stille. Ein Arbeiter wuselte zwischen schwerem Gerät – der Kapo.

„Entschulden Sie, hier soll es einen modern gestalteten Wandelraum geben. Kann ich mir den mal ansehen? Ich bin hier nur zu Besuch.“

Der Arbeiter schaute Carsten zunächst skeptisch an, sagte aber dann: „Ich bin zwar keine Ordensschwester, aber bei dem Durcheinander hier blickt eh keiner mehr durch. Komm mit! Wird schon niemand was dagegen haben.“

Der Typ in seinem schwarzen Cord und dunklen Pullover sächselte unverkennbar.

„Hier, bitteschön! Und wenn Sie gehen, die Tür einfach zufallen lassen.“

Carsten stand da und staunte. Und endlich war Stille. Eine Ruhe, die sich auf ihn übertrug. Er war allein. Der Fußboden und die Seitenwände waren weiß. Schwarze Linien schlängelten sich asymmetrisch nach hinten in den Gang. Optisch verzerrt glich die Wand einem Faltenwurf. Der Flur bog nach einigen Metern rechts ab. Carsten bewegte sich reflexartig nach vorne. Wie ein Sog zogen ihn die Linien ins Innere, schienen ihn zu hypnotisieren, wollten ihn ins Jenseits führen. Was würde ihn hinter der Biegung erwarten? Er rieb sich die Handinnenfläche an seiner Jeans trocken und lief sachte weiter. Er drehte den Kopf nach hinten – niemand hatte ihn bemerkt. Ein Weg der Erlösung? Der Weg vom Leben in den Tod? Der Weg ins Licht? Sein Weg? Dieser Flur machte etwas mit ihm. Er fühlte sich organisch an. Schlich sich in seinen Geist. Er entspannte. Ruhe, Zufriedenheit. Vorsichtig tappte er weiter. Filzbahnen hingen von der Decke, als er die Kurve in beinahe meditativer Ruhe gemeistert hatte. Ein Stuhlkreis. Lampen hingen an der Decke.

Die Seitenwände leuchteten in unterschiedlichen Farben, zu unterschiedlicher Stimmung.

Carsten stand einfach nur da. Genoss die Stille. Schloss die Augen. Endlich. Seine Gedanken, die ihn so lange Zeit vergiftet hatten, waren kompostiert. Sein Zeitgefühl war verschwunden. Plötzlich ging ein Ruck durch seinen Körper. Er lächelte. Nahm diesen Wandelraum noch einmal in Gänze in sich auf. Tränen erlösten ihn von seiner Pein.

Als die Tür hinter ihm ins Schloss fiel, nickte er dem Sachsen dankbar zu, wischte sich die feuchten Augen trocken und schlüpfte voller Demut durch den Seitenausgang in die Ebrachergasse.

Um 19.30 Uhr klingelte das mobile Telefon und verkündete aufgrund der Penetranz etwas Unangenehmes.

Es war Caro.

„Paul ist verschwunden!“, heulte sie in den Hörer.

Paul ist verschwunden

„Paul ist verschwunden?“, wunderte sich Carsten mit nie gekannter Gelassenheit und trotzdem war er wie vom Donner gerührt.

„Hast du etwas damit zu tun? Bitte sag mir, wenn du etwas weißt!“, flehte eine sichtlich hysterische Caroline.

In Carstens Gehirn suchten Synapsen nach Verbindungen, irrlichterten jedoch aneinander vorbei.

„Beruhige dich, Caroline. Was heißt das, Paul ist verschwunden? Und natürlich habe ich damit nichts zu tun! Was soll diese Unterstellung? Was genau ist passiert?“

Bruchstückhaft, immer wieder unterbrochen von heftigem Schluchzen, schilderte Caroline, dass Paul nach der Schule zu seinem Freund gegangen war, da sie Tagschicht hatte. Die Tagesmutter habe ihr gesagt, dass Paul so gegen 17 Uhr Abschied genommen habe. Ihr sei nichts Außergewöhnliches aufgefallen. Paul sei gewesen wie immer.

„Weißt du, für den Weg braucht er höchstens eine halbe Stunde. Manchmal trödelt er und lässt sich von Dingen ablenken, aber ich kann mich eigentlich immer auf ihn verlassen. Und jetzt: Ist er vielleicht entführt worden? Oder tot?!“ Caroline schrie ins Telefon und schien nah an einem Nervenzusammenbruch zu sein.

„Caro! Caroline! Jetzt beruhige dich mal. Jungs in seinem Alter machen manchmal einfach Blödsinn. Hast du seine Schulkameraden schon angerufen? Ja? Ah, verstehe, nach der Schule hat ihn also niemand mehr gesehen.“ Carsten verdrehte die Augen nach oben. Er dachte nach. Tilgte das frustrierende Gespräch aus seinem Gedächtnis. Irgendwie liebte er diese Frau zu sehr.

„Hat Paul schon ein Handy?"

„Nein", Caroline klang sichtlich erschöpft. „Ich wollte nicht, dass er sich in dem Alter schon irgendwelchen Blödsinn anschaut."

„Ich komme sofort zu dir und dann sehen wir weiter." Er machte eine Pause. „Wenn es dir recht ist?"

Caroline schwieg.

Carsten machte sich auf den Weg.

Ein flüchtiger Kuss auf die Wange, die von den vielen Tränen aufgeweicht war. Caroline starrte apathisch ins Nichts. Carsten rannte durch die Wohnung, öffnete Schränke, sah unter Betten, hetzte runter in den Keller, hoch auf den Dachboden. Nichts.

„Nimm ein aktuelles Foto von Paul mit. Wir fahren zur Polizei. Wenn ich dabei bin, geht alles viel schneller."

Noch am selben Abend ging die Fahndung an alle Dienststellen raus. Auf *Facebook* und *X* veröffentlichte die Polizei den Fahndungsaufruf und bat die Bevölkerung um Mithilfe. Am nächsten Morgen stand es auch in der Presse:

Gesucht wird der zehnjährige Paul Lebert.
Er gilt seit gestern als vermisst.
Um 17 Uhr verabschiedete er sich von seiner Tagesmutter und ist seither verschwunden.

Das Kind trägt beige Winterstiefel, eine Blue Jeans und einen schwarzen Parka.
Auffällig ist ein roter „Spider-Man"-Aufdruck auf dem Rücken.
Hinweise nimmt jede Polizeiinspektion entgegen.

Hubschrauber kreisten über der Stadt. Die Vermisstenstelle der Polizei hatte Mantrailer-Hunde angefordert. Die Tiere können Geruchsspuren verfolgen und sind speziell für die Menschensuche ausgebildet.

Caroline übergab den Beamten Pauls zuletzt getragenen Schlafanzug. Ihr Hausarzt hatte ihr Beruhigungstabletten verschrieben, die sie die Dinge apathisch ertragen ließ. Das Ganze schien sich hinter einem Vorhang aus Angst und Hoffnung abzuspielen. Carsten fiel auf, dass ihre rechte Hand dauerhaft zitterte und sie sich kaum eine Zigarette anzünden konnte. Caroline war froh, dass Carsten über Nacht bei ihr geblieben war. Allerdings sagte sie ihm das nicht. Sie hatte keinen Schlaf gefunden. Dunkle Augenringe zeugten von der ungeheuren Anspannung. Sie konnte keine Sekunde ruhig sitzen bleiben. Tigerte durch die Wohnung. Schlug mit ihren Fäusten gegen die Stirn und suchte verzweifelt nach Fehlern, die sie begangen haben konnte.

„Du hast keine Schuld. Paul wird bald wieder auftauchen. Dafür hat er dich zu sehr lieb. Du wirst schon sehen."

Carstens Worte perlten an Caro ab wie Wassertropfen, die zäh an einer Fensterscheibe abwärts rinnen.

In der Früh des folgenden Tages meldete sich eine Anruferin bei der Polizei und gab zu Protokoll, dass sie den Jungen gesehen hätte.

„Das war so gegen acht Uhr abends. Der schien mit seinen Gedanken ganz woanders zu sein. Ich weiß, dass das der Junge war, weil mir dieses komische *Spider-Man*-Logo aufgefallen ist. Mein Enkel hat auch so Spielfiguren."

„War er alleine? War jemand bei ihm? Wissen Sie mehr?"

„Nein, niemand war bei dem. Ich habe ihn gesehen, wie er in die Eingangshalle vom Bahnhof marschiert ist. Dann ist er in den Tunneln verschwunden. Ich glaube, er ging den rechten Tunnel runter."

10 Uhr. Hubschrauber und Hunde brachten keine Ergebnisse zustande. Die Polizei hatte die Fahndung bundesweit ausgeweitet.

14.35 Uhr. Die Bundespolizei aus Bamberg meldete sich. Sie hatten einen Jungen aufgegriffen, der im Bereich des Bahnhofs schlief. Als sie ihn weckten, erzählte er, er wollte nach Italien reisen. Die Beschreibung passte. Er sagte auch, er heiße Paul.

Carolines Arme schlangen sich um Carsten. Ihr Schluchzen schnürte ihm die Kehle zu. Die Anspannung der letzten Stunden fiel von ihr wie eine Zentnerlast Schnee von einer Zeder.

„Danke für deine Hilfe, Carsten", stammelte sie unsicher. „Entschuldige mein Benehmen. Aber ich …"

„Schon gut. Jetzt freuen wir uns erst mal, dass alles gut ausgegangen ist."

„Kommst du mit, Paul abzuholen?"

Carsten schüttelte den Kopf.

„Nein, lass mal. Dieser Moment gehört euch. Ihr habt euch viel zu erzählen."

Caroline nickte dankbar. Sie suchte ein paar Sachen zusammen und machte sich auf den Weg.

Carsten verließ die Wohnung mit dem Gefühl, nicht zu wissen, was aus der Beziehung noch werden würde.

Roland inspiziert eine Wohnung

Roland hatte mal wieder Laura Köpf besucht, nachdem Carsten immer noch nicht für den Staatsschutz tätig sein durfte. Sein Kollege hatte recht gehabt. Die ehemalige IS-Terroristin entwickelte sich prächtig und hatte ihren Weg in der Mitte der Gesellschaft offenbar wieder gefunden. Das Verhältnis zum Großvater war von Respekt geprägt. Die Therapiesitzungen, denen beide schließlich zugestimmt hatten, waren von Erfolg gekrönt. Die Arbeit machte Laura offensichtlich Spaß. Der Bruch mit den Salafistenfreunden von damals schien zur Freude der Polizisten vollzogen. Laura machte ihre Konvertierung nicht rückgängig. Warum auch? Ihr Kind besuchte den Kindergarten und war unauffällig.

Gut gelaunt fuhr Roland von Haßfurt kommend den Greinberg hinunter in den Talkessel der Bischofsstadt. Am Europastern, auf Höhe des Heizkraftwerks der Uni-Klinik, hielt er kurz an. Der historische Schornstein, der ihn immer an einen erigierten Penis erinnerte, spuckte weiße Wölkchen in den Himmel.

Er kramte sein Handy hervor und tippte eine Nummer ein.

„Herr Tattinger?"

„Ja, wer stört bei der Arbeit?" Ein heiseres Lachen.

„Utz, Kripo Würzburg. Ich müsste noch mal in die Wohnung von Frau Niehaus. Sind Sie zufällig vor Ort und könnten mich reinlassen?"

„Ich bin im Keller. Klingeln Sie durch, wenn Sie da sind. Wie lange wird's dauern?"

„Ich bin in spätestens zehn Minuten da. Danke, Herr Tattinger."

Roland parkte den Dienstwagen in der Bismarckstraße und lief die paar Meter zur Rotkreuzstraße. War ja auch höchste Zeit, sich mal in der Wohnung der Getöteten umzusehen. Das war er Carsten doch schuldig. Und wer weiß, vielleicht würde er tatsächlich das fehlende Mosaiksteinchen finden. Ein Gefühl sagte ihm, dass der Schlüssel, die Tat aufzuklären, möglicherweise hier im Verborgenen schlummerte.

Ein Bau aus der Gründerzeit. Vier Geschosse, Walmdach, Risaliten (vorspringende Gebäudeteile). 1885 erbaut. Neurenaissance. Von der Veitshöchheimer Straße her tobte der Feierabendverkehr böse herüber. Auf dem Klingelschild stand noch immer der Name der Toten. Roland wählte Tattingers Nummer.

„Ich habe in der Wohnung noch nichts ausgeräumt. Die Vermieter lassen sich Zeit. Ein altes, schrulliges Paar. Wollen Sie mit denen etwa auch sprechen? Da müssen Sie aber brüllen, das sage ich Ihnen. Die sind nämlich beide stocktaub." Tattinger lachte heiser.

„Danke für Ihre Mühe, Herr Tattinger. Die alten Herrschaften benötige ich nicht. Mir genügt, wenn Sie mir die Wohnungstür öffnen. Dann sind Sie schon wieder entlassen."

„Weiß man schon mehr darüber, wer die arme Frau erschossen hat? Das ist ja nicht zum Aushalten. Überall hört man nur wilde Gerüchte." Tattinger flüsterte und sah sich nach allen Seiten um.

„Lieber Herr Tattinger, darüber kann ich beim besten Willen keine Auskunft geben. Die Ermittlungen laufen aber noch auf Hochtouren. Das kann ich Ihnen versichern."

Der Hausmeister zeigte ein enttäuschtes Gesicht. Sie stiegen die alte Holztreppe hoch. Tattinger schloss die Tür, deren Glaseinsätze sich hinter Gittern verbargen, auf und wies Roland stumm an, einzutreten.

„Wenn Sie mich noch brauchen, ich bin im Keller. Ich repariere gerade eine Waschmaschine. Servus, bis dann."

Roland nickte und schloss die Tür hinter sich.

Ein langer Flur. Eine alte Klingelanlage, blau-grau, hob sich wie ein Pickel von der hohen Wand ab. Ein Spiegel, eine Garderobe, keine Bilder oder Fotografien an den Wänden – seltsam.

Roland hielt inne. Er wollte, dass die Wohnung zu ihm sprach. Er erzwang das Gefühl, dass er hier einen entscheidenden Hinweis finden würde.

Alles wirkte so aufgeräumt, geradezu trostlos. Eine Wohnung erzählte normalerweise mehr über einen Menschen, als diese bereit waren, über sich selbst preiszugeben. Es roch modrig. Welchen Gedanken und Idealen die Frau wohl hinterhergehangen war? Ihren Job beim Verteilerzentrum der Deutschen Post hatte sie anstandslos verrichtet. Nie hatte es Beschwerden gegeben. Kein einziges Mal hatte sie wegen Krankheit gefehlt. Sie hatte offenbar keine Freunde, galt als Einzelgängerin.

Auf einer Kommode vor dem Spiegel lagen wild durcheinander Schachteln des Lebens: Antidepressiva, Schmerzmittel. Litt die Niehaus gar unter einer schweren Krankheit? Im Obduktionsbericht hatte Roland davon nichts gelesen.

Zwei Paar Schuhe, ordentlich nebeneinandergestellt. Grau, alles grau. Selbst die Wände – Bedrohung, ein Reich der Tristesse. Die Küche: schmucklos und zweckmäßig, mit einem Gasherd ausgestattet. Das Fenster war geschlossen. Dann zwei Wohnzimmer: Das eine war zum Arbeitszimmer mit einem Schreibtisch umfunktioniert; im zweiten stand ein riesiges freistehendes Sofa, davor ein Fernseher, daneben eine Stereoanlage mit Kassettendeck. Auch hier keine Bilder oder Fotos. Das einzig Schmückende war der Stuck in den Ecken der Zimmerdecke und um die Einfassungen der Deckenlampen. Vom Flur zweigte ein weiterer ab, der zu einem Balkon führte. Links am Ende eine Toilette, rechts das Bad.

Roland spürte, wie sich der Tee, den er bei Laura Köpf getrunken hatte, stechend in der Blase bemerkbar machte. Er ließ die Toilettentür offen und pinkelte im Stehen. Die abgeschüttelten Tröpfchen Urin am Fußboden putzte er mit Toilettenpapier weg. Das kleine Fenster war voller Schlieren. Im Bad gegenüber wusch er sich die Hände. Sein Blick streifte einen Wäschekorb aus Bast. Büstenhalter, Blusen, verschmutzte Unterwäsche. Es roch unangenehm säuerlich. Er nahm den Deckel und legte ihn oben drauf. Daneben standen Waschmaschine und Trockner. Die Wände und der Fußboden waren schwarz-weiß gefliest.

Am Ende des Flurs war eine verschlossene Tür. Dahinter befand sich das Schlafzimmer. Das Bett war ordentlich gemacht. Und endlich entdeckte Roland ein Poster: Patti Smith auf dem Cover ihres Albums *Horses*. Die intellektuelle Poetin des New Wave und Punk blickte ihn stolz an. Sie hatte über ihre weiße Bluse ein schwarzes Jackett geworfen. Eine Krawatte hing ungebunden um ihren anmutigen Hals. Androgyn scheinbar, aber unwahrscheinlich erhaben durchdrangen ihre Augen Roland, der sich sofort vornahm, das Album zu Hause zu hören. Er ließ sich aufs Bett plumpsen. Nichts. Absolut nichts. Was hatte er sich auch eingebildet? Er trommelte mit den Fäusten auf die Matratze. Staub stieg hoch und tanzte im Gegenlicht, das durch die Ritzen des Rollos ins Zimmer drang. Er würde gehen und den Dingen ihren Lauf lassen. So war das Leben eben: Shit happens. Sorry, Carsten!

Dann ging er noch mal in die Küche. Er öffnete die Kühlschranktür und schleuderte sie angewidert zu. Ein übler Geruch biss sich in seiner Nase fest. Die Mischung aus schimmligem Käse und schmieriger Wurst ließ ihn beinahe kotzen.

Er lauschte – absolute Stille. In diesem Haus schien nicht einmal der Füllfederhalter eines Mieters zu kratzen.

Im Arbeitszimmer lagen verstreut ein paar Illustrierte und Bücher – Belletristik und Sachbuch, nichts Politisches.

Noch einmal ging er durch die Zwischentür hinüber in das andere Wohnzimmer. Er näherte sich dem Sekretär, der ein Erbstück gewesen zu sein schien. Darüber hing eingerahmt ein Sinnspruch:

Jene sehen nur, was sie sehen wollen,
die anderen sehen, was es zu sehen gibt.

Roland machte ein Foto mit seinem Diensthandy. Dann öffnete er die knarzende Schublade des Möbelstücks. Er musste rütteln, dass sie aufging. Er sah Rechnungen und einen abgelaufenen Reisepass. Er blätterte ihn auf. Das Bild von Marianne Niehaus. Roland stutzte. Aber der Name? Der Name war anders! Eva Seintor. „Eine Zwillingsschwester“, schoss es ihm durch den

Kopf. Er ließ den Pass in seine Jackentasche gleiten. Erst jetzt fiel ihm auf, dass da etwas auf dem Dielenfußboden lag. Eine Kassette. Sie musste zu Boden gefallen sein, als er die Schublade öffnete. Er nahm sie an sich und betrachtete sie. Lediglich der Herstellername war zu lesen. Er steckte sie instinktiv zu dem Reisepass. Er lauschte.

Was war das? Eindeutig ein Klicken an der Wohnungstür. Tattinger? Roland wollte schon seinen Namen rufen, als er zwei Stimmen vernahm. Die Personen waren in der Wohnung. Die Tür wurde wieder sachte geschlossen. Eine innere Stimme riet ihm, sich ruhig zu verhalten und abzuwarten, was da vor sich ging. Schweiß stand ihm auf der Stirn. Panisch schaute er sich in dem Zimmer um – das Sofa. Er kauerte sich hinter das beige Ungetüm und spitzte die Ohren. Er spähte unter dem Sofa durch. Drüben im Arbeitszimmer standen vier Beine. Den Schuhen nach zu urteilen eine Frau und ein Mann.

„Scheiße!", schoss es ihm siedend heiß durch den Kopf. Mit spitzen Fingern fischte er sein Handy hervor. „Bloß nicht fallen lassen!", ermahnte er sich selbst. Jetzt den Schieber auf S*tumm-modus Ein* schalten. Ein Schweißtropfen fiel zeitlupenartig auf das Display. Geschafft! Der Polizist ließ das Smartphone vorsichtig in die Jackentasche zurückgleiten. Ein Gedanke raste durch seinen Kopf: hervorzuschnellen und die Typen festzunehmen. Aber zwei gegen einen? Er beschloss, Ruhe zu bewahren, und verharrte in seiner Schockstarre.

Die beiden Figuren hatten sich getrennt. Sie hatten noch kein Wort miteinander gewechselt. „Komisch!", dachte Roland. Die Frau war weg, aber noch in der Wohnung. Der Typ kam rüber ins Zimmer. Er ging an den Sekretär, als die Frau mit unterdrückter Stimme rief: „Ruf den Chef an! Alles läuft nach Plan. Lass uns abhauen!"

„Moment!" Die Schuhe entfernten sich.

Rolands Atem ging stoßweise. Jetzt bloß nicht niesen – Hausstauballergie. Er hielt sich die Armbeuge vor die Nase und konzentrierte sich in höchstem Maße. Der Anfall war vorbei.

„Ich nehme noch ein Souvenir mit, bevor nix mehr übrig ist."

„Du spinnst!"

„Merkt doch keiner mehr. Mach ich immer."

„Die *Hummel*-Figur?"

„*Der Wanderbub.* Gefällt mir. Ich sammle die."

„Du bist so was von aus der Zeit gefallen. Los jetzt! Lass uns endlich abhauen! Gleich knallt et!"

Sie sprachen Berliner Dialekt, fiel Roland auf. Wer mochten diese Typen sein? Was sollte das alles bedeuten? Was in aller Welt hatten diese Leute hier vor?

„Ich geh noch schnell Pipi machen."

„Beeil dich! Ist ja nicht zu fassen mit dir!"

Roland hörte das Prasseln des Urins. Die Tür hatte der Kerl offengelassen. Keine Spülung, kein Händewaschen. „Schwein", dachte Roland und hörte, wie die Tür der Wohnung ins Schloss fiel. Die Unbekannten waren draußen. Endlich!

„Ahh!" Ein Schmerz durchzuckte das rechte Knie, als er aufstand und sich an der Sofalehne abstützen musste. Er atmete erleichtert aus. Dann roch er etwas. Der Kühlschrank? Im Flur begann die hässliche Klingel penetrant zu schellen. Faule Eier? *Gleich knallt et!* Roland durchfuhr ein riesiger Schrecken. Es roch nach Gas. Keine Zeit mehr, den Hahn abzudrehen. Höchstens zehn Minuten, bis die Scheiße explodieren würde. Und es waren schon etliche Minuten vergangen. Er riss die Wohnungstür auf. Stolperte die Holzstiegen hinunter. Rief voller Inbrunst „Gas! Gas! Alle raus!". Er rutschte auf den Fliesen aus, fing sich aber wieder. Schlitterte auf die Haustür zu. Drückte sie mit voller Wucht auf. Nahm im Augenwinkel das Holzstäbchen wahr, das im Klingelknopf für *NIEHAUS* steckte. Er rannte hinüber Richtung Bismarckstraße. Frische Luft – endlich! Kurz bevor er in die Straße einbiegen konnte, kam der Knall. Seine Ohren wurden taub. Die Welt schien still zu stehen. Die Druckwelle drückte ihn nieder. Zeitlupe. Er fiel in ein Gebüsch. Staub, überall Staub, der sich in seine Lungen biss. Die Augen voller Tränen drehte er sich um. Dort in dem Haus, aus dem er soeben entkommen war, klaffte eine riesige Lücke. So muss der Krieg gewesen sein, dachte Roland. Jetzt lag dieses ehrwürdige Haus, das die Zerstörung Würzburgs überstanden hatte, in Trümmern. Teile eines Zimmers lagen im Freien und drohten in die Tiefe zu stürzen. Roland stand unter Schock.

„Diese Verbrecher! Wer waren die?", schoss es ihm durch den Kopf. Dann kamen ihm die Bilder vom zerstörten Haus der Beate Zschäpe in den Sinn. Angeblich hatte sie die konspirative Wohnung der terroristischen Nazi-Bewegung NSU in die Luft gesprengt, um Beweismittel zu vernichten.

„Was, verdammt, ist hier passiert?" Roland war konsterniert und saß zitternd auf dem Bürgersteig. Er befühlte seine Jackentaschen. Das Handy? Da. Die Kassette und der Pass? Ebenfalls vorhanden. Wird ihm die Kassette ein Geheimnis verraten? Roland war sich nicht mehr sicher, wie das Ganze enden würde.

Er wankte wie ein Betrunkener und betrachtete sich im Innenspiegel des Dienstwagens. Er schien keine größeren Verletzungen davongetragen zu haben. Nur eine kleine Schramme auf der Stirn schmerzte ein wenig. Mit der rechten Hand, die immer noch zitterte, startete er den Motor. Aus der Ferne waren bereits die Signaltöne der Einsatzkräfte zu hören. Er trat das Gaspedal durch, wendete mit quietschenden Reifen und fuhr weg vom Ort der Zerstörung. Am Busbahnhof blinkte er nach rechts in den Haugerring. Unkonzentriert fuhr er auf direktem Weg nach Hause.

Er duschte und beschloss, auf keinen Fall seinen Vorgesetzten oder sonst irgendjemanden von seiner Wohnungsbesichtigung zu erzählen. Nur Tattinger würde er noch instruieren müssen.

Nachwirkungen

„Was ist nur in dieser verdammten Stadt los?", polterte Klotz in der Frühbesprechung. „Das kann doch alles kein Zufall mehr sein, dass ausgerechnet das Haus, in dem die Niehaus wohnte, in die Luft fliegt!" Er schnaufte tief durch und blickte hilflos aus dem Fenster. Drüben im Park kackte gerade ein Hund einen riesigen Haufen. „Wo warst du eigentlich gestern?" Er blickte Roland fordernd an.

„Spinnst du jetzt total, Kalle? Unterstellst du mir gerade, dass ich etwas damit zu tun habe? Ich bin nach dem Besuch bei Laura Köpf direkt nach Hause gefahren, weil es etwas später geworden war. Wir machen das doch immer so, dass wir das Dienstauto mal mit nach Hause nehmen, wenn's mal länger dauert. Das hast du doch selbst abgenickt, oder?" Rolands Stimmer verriet Unsicherheit. Er schluckte einen dicken Kloß im Hals hinunter. „Deine Vorwürfe kotzen mich nur noch an, Kalle!"

„Eine innere Stimme sagt mir, dass du lügst. Was hast du da an der Stirn?", blaffte der Kommissariatsleiter zurück.

Roland befühlte das Pflaster.

„Ich bin gegen einen Türrahmen gelaufen. Soll vorkommen."

Hilmar lachte schmutzig.

„Und jetzt leck mich am Arsch, Kalle. Ich bin froh, dass ich hier bald die Segel streichen kann." Rolands Stimme flatterte, was ihn ärgerte. Er wollte Klotz nicht den Hauch eines Zweifels lassen.

Er stand auf und ging hinüber ins Bürozimmer. Ingrid hatte ihm einen Zeitungsausschnitt hingelegt.

Gestern kam es zu einer verheerenden Gasexplosion in der Rotkreuzstraße. Im Rahmen eines unkontrollierten Gasaustritts verursachte das Gas-Luft-Gemisch die gewaltige Explosion. Ein Ehepaar, 82 und 84 Jahre alt, überlebte das Unglück wie durch ein Wunder schwer verletzt. Es besteht jedoch laut behandelnden Ärzten keine Lebensgefahr. Der Facility-Manager, Herr Markus T., der ein wichtiger Zeuge gewesen wäre, kann nichts mehr dazu beitragen. Er konnte nur noch tot aus den Trümmern geborgen werden. Die Ermittlungen der Kriminalpolizei und des Bayerischen Landeskriminalamts München dauern an.

Tattinger war also tot. Der arme Mann tat Roland leid. Gleichzeitig nahm er zur Kenntnis, dass es keine Zeugen gab.

Er wartete ab, bis sich alle in den Feierabend verabschiedet hatten. Klotz hatte mit ihm kein Wort mehr gewechselt. Sie sind sich den ganzen Tag aus dem Weg gegangen. Er ging runter in den Keller und betrat den Technikraum.

Die Kassette in seiner Hand wog schwer. Er betrachtete sie lange und wiegte sie hin und her. Den Reisepass hatte er bei sich zu Hause verwahrt. Mit spitzen Fingern schob er das unbeschriftete graue Teil von BASF in das ehrwürdige *Tape Deck 480* von Nakamichi. Dann drückte er mit geschlossenen Augen die Play-Taste. Es quietschte und Roland hatte schon Angst vor einem Bandsalat. Erleichtert stellte er fest, dass das Band ruhig angelaufen war. Er ging nochmals zur Tür und lauschte in den Flur: Stille. Er war allein.

Eine Frauenstimme holte ihn zurück. Roland stand gespannt vor dem schwarzen Kasten, in dem sich zwei Rädchen drehten. Er lauschte dem Magnetband, auf dem sich Ungeheuerliches verbarg.

Irgendwo im Regenwald …

… stapfte ein Mann durchs Gehölz.

In seinem langärmeligen Hemd, der langen Hose und den modernen Trekkingschuhen gehörte er eindeutig nicht hierher. Der Rucksack mit der Kamera wog schwer auf seinen Schultern. Er klatschte sich ins schweißtropfende Gesicht, das aufdringliche Mücken anlockte. Er hatte das Feintüll-Fangnetz griffbereit in seiner Hand. Die Zunge fuhr über die Oberlippe. Er war angespannt. Sein stierer Blick fixierte das Objekt der Begierde.

Der Blaue Morphofalter.

Zwei schnelle Schritte. Ein Schlag.

Enttäuschung. Fluchen.

Der Himmelsfalter war entkommen.

Roland nimmt eine Beichte ab

Ich bin nicht Marianne Niehaus.

Die Stimme klang ruhig, selbstbewusst. Der Text schien von langer Hand geplant worden zu sein.

Mein wirklicher Name ist Eva Seintor.

Ich war Mitglied der Roten Armee Fraktion, RAF.

Wer auch immer dieses Band abhört, wird dies tun, weil ich wahrscheinlich nicht mehr am Leben bin. Kann sein, dass ich eines natürlichen Todes starb, dann weiß man, dass es keinen Gott geben kann. Kann sein, dass ich getötet wurde, dann habe ich meine Strafe erhalten für die Tat, die ich begangen habe. Man kann seinem Schicksal nicht ausweichen. Irgendwann stellt es einen zur Rede und man muss erkennen, dass alles mit allem zusammenhängt.

Roland schwitzte. Sein Magen gab komische Geräusche von sich. Abermals sprang er hoch und lugte in den Flur. Doch nur das Oberlicht flackerte aufgeregt.

Ich habe Hennes Baumgartner erschossen!

Rolands Hände zitterten. Schweißnass drückte er die Pause-Taste.

„Verdammt! In was für ein Wespennest steche ich da gerade?“, flüsterte er leise vor sich hin und drückte begierig auf *Play.*

Wir wussten, dass Veronika eine Quelle des Verfassungsschutzes war. Die Aktion „HB“ wollten wir nicht gefährden. „HB“ hatten wir es genannt, weil es damals diese Zigarettenmarke namens „HB" gab. In der Reklame ging ein Zeichentrickmännchen bei Aufregung in die Luft und bekam erst wieder Boden unter die Füße, nachdem es an der Fluppe gezogen hatte.

„HB" waren die Initialen für Hennes Baumgartner gewesen.

Heute schäme ich mich für diese zynische Art von Anarcho-Humor.

Wir zogen Veronika als Schützin für den Einsatz ab. Sie sollte im Auto warten und von mir die Tatwaffe, eine HK43, übernehmen und verschwinden lassen. Alles lief nach Plan. Zunächst. Ich konnte in Ostberlin untertauchen. Die Stasi hatte alles gut durchdacht. Niemand konnte meine Spur verfolgen. Ich war ein Phantom. Ich war auch nur ein einziges Mal für die RAF aktiv. Eine Tat – keine Spuren – kein Ermittlungsansatz. Perfekt!

Nach dem Fall der Mauer zog ich in den Westen. Die Stasi hatte mir einen neuen Namen besorgt und mich gebeten, in einer eher provinziellen Stadt unterzutauchen. Würzburg war mehr als geeignet dafür. Ich habe diese Stadt auch tatsächlich über die Jahre lieb gewonnen.

Bereuen? Nein, ich bereue nichts!

Ich bin jetzt eine alte Frau und aus heutiger Sicht würde ich das nicht mehr so machen.

Sollte ich gewaltsam ums Leben kommen, kann es durchaus sein, dass Veronika doch noch geplaudert hat, um ihren Kopf endgültig aus der Schlinge zu ziehen. Es ist mir egal, was mit meiner Aussage passiert. Diejenigen, die die Kassette gefunden und abgehört haben, bitte ich nur, dass sie genau abwägen, ob sie meine Aussagen verwerten oder vernichten.

Würzburg, im April 2001

Der Text war zu Ende.

Roland war am Ende.

Seine Gedanken rotierten. Diese Kassette war Dynamit. Die Stasi! Auch das noch! Er wusste, dass die RAF und ihre Nachfolger Handlanger der Staatssicherheit der damaligen DDR waren. Die Seintor war also nach Ostberlin beordert worden. Ostberlin, dämmerte es dem Kriminalisten. Erst der dubiose Unbekannte, der ihm entkommen konnte und vorher noch brühwarm erzählt hatte, er sei ein Nachbar der Niehaus in Ostberlin gewesen. Und dann noch diese Wohnungseinbrecher, die eindeutig berlinerten. Ein ehemaliger Führungsoffizier der Stasi, da war sich Roland sicher, aber wer waren diese Verbrecher, die die Wohnung in die Luft gejagt hatten? Das konnten natürlich auch alte Recken der RAF gewesen sein? Eher unwahrscheinlich. Doch ein Geheimdienst? Aber welcher?

Roland wiegte die brisante Kassette in den Händen hin und her. Sie wog zentnerschwer. Sollte er die Presse einschalten? Es wäre ein gefundenes Fressen. Hatten die Mörder auch Carsten niedergeschlagen und mit dessen Waffe die Frau erschossen? Und zu allem Überfluss hatte der besoffene Dr. Havemeyer auch noch recht behalten. Das alles hier war schierer Wahnsinn!

Roland saß eine halbe Stunde da und glotze apathisch auf die Kassette. Dann zuckte er mit den Schultern.

„Ich wühle nicht mehr im Dreck anderer Leute. Sollen die alten Zeiten ruhen. Wer bin ich? Ein kleiner Provinzbulle kurz vor dem Ruhestand, der sich mit einer Sensation noch mal wichtigmachen will? Nein danke! Das bin ich nicht! Diese Sache ist mir eine Nummer zu groß. Ich habe keine Lust, mich der Öffentlichkeit zu präsentieren.“ So sinnierte Roland vor sich hin und fasste den Entschluss, dass von dieser Geschichte nichts ans Licht kommen würde. Und Carsten? Nun, den würde er nach seiner Pensionierung wahrscheinlich immer seltener zu Gesicht bekommen. Aus den Augen, aus dem Sinn. So ist das eben. Mit der Entscheidung, die er jetzt traf, ließ sich gut leben. Das bildete sich Roland tatsächlich ein.

Roland schaute auf die Kassette, hypnotisierte sie regelrecht. Dann stand er auf. Mit seinen Augen überflog er das technische Equipment. Er zog das Gerät zum Löschen von Daten hervor, steckte die Kassette rein und drückte auf *ON*. Fertig – Magnetband eliminiert, Geschichte getilgt. Die Kassette steckte er in die Jackentasche. Ein Andenken. Dann verließ er wie ein geprügelter Hund die Dienststelle.

Zu Hause angekommen, holte er den Reisepass, ausgestellt auf Eva Seintor, hervor, nahm die Küchenschere und schnipselte ihn fein säuberlich in kleinste Teile. Restmüll, Müllverbrennungsanlage – nächstes Problem gelöst.

Er ließ sich in seinen Ohrensessel fallen. Die Anspannung hatte ihn müde gemacht. Er tippte in seinem Handy in der Playlist von Kraftklub *Kein Gott, kein Staat, nur Du* ein.

Dann dachte er doch tatsächlich an Rebecca.

Und weinte.

Leerlauf

„Es macht doch alles keinen Sinn mehr“, dachte Roland. „Es macht alles keinen Sinn mehr“, befand Carsten.

Die beiden Polizisten waren müde geworden. Der eine alt und ohne Illusionen, der andere zwar jung, aber ebenfallskeine Illusionen mehr.

Roland versuchte, die Ereignisse der letzten Tage und Stunden, so gut es ging, zu verdrängen. Er hatte die Schnauze voll von all den Lügen, Gemeinheiten und dem Hass, der durch die Adern mancher Menschen floss. Er sah das Licht am Ende des Tunnels in Form seiner anstehenden Pensionierung. Noch drei Monate. Er würde dem Ganzen keine Träne hinterherweinen. Das Rad der Bürokratie würde sich immer weiterdrehen – mit unterschiedlichen Geschwindigkeiten. Und schneller, als ein Sekundenzeiger die Minute vollmacht, wäre er in Vergessenheit geraten. Wehmut? Ein bisschen. Er lächelte. Er hatte doch noch die Kraft, Neues zu wagen.

Neues wagen?

Carsten versank in Selbstmitleid. Die Welt stürzte über ihm zusammen. Immer noch verharrte er im Präsidium, weil man ihm verweigerte, wieder zu seinem geliebten Staatsschutzkommissariat zurückzukehren. In seinen Träumen erschienen ihm Engel, die eine Tür aufhielten, hinter der sich die Fratze eines Jungen verbarg, der ihn verächtlich auslachte.

Als Caroline ihm am Telefon unterstellt hatte, er habe etwas mit dem Verschwinden von Paul zu tun, war er mehr verletzt, als er anfangs geglaubt hatte. Er stellte die Beziehung intensiv auf den Prüfstand und entschied, sich nicht mehr bei ihr zu melden. Wenn ihr etwas an ihm liegen würde, sollte sie die Initiative ergreifen. Er wusste, dass Caroline ihren Sohn über alles stellen würde – immer.

Carsten versuchte einen Blick nach vorne. Er wollte sich Perspektiven für seine Zukunft schaffen, egal, wie diese auch aussehen würde. Doch er blickte nur in eine Leere und Schwärze.

Und Roland meldete sich auch nicht mehr bei ihm.

Roland hatte seinen Frieden mit sich gemacht. Redete sich ein, die illegale Aktion der Kassettenvernichtung und der Zerstörung des Reisepasses wäre schon in Ordnung gewesen. Wo kein Kläger, da kein Richter. Er war ein Meister des Schönfärbens, des Zurechtpuzzelns der Wahrheit. Ein Gefangener seiner unsauberen Handlungen.

Roland vermied weitere Konfrontation mit Klotz. Fast demütig erledigte er die Aufgaben, die ihm sein Kommissariatsleiter zuschusterte. Routiniert arbeitete er die Fälle ab und erledigte noch ein paar Restaufgaben, die vor sich hingeschlummert hatten. Er lief im Hamsterrad noch ein paar Runden, bis er es zum Stillstand brachte.

Leerlauf.

Er ging in der Mittagspause hinunter zu den Mainwiesen und setzte sich auf eine Bank, um seinen Gedanken freien Lauf zu lassen. Sein Blick folgte dem Fluss, der bräunlich vor sich hintrieb. Erst jetzt bemerkte er einen Mann, der auf der Bank einige Meter links von ihm zusammengesackt und in einer unnatürlichen Körperhaltung dalag. Er ging zu ihm, rüttelte an ihm, fühlte den Puls – kein Lebenszeichen. Notruf 112! Dringend den Notarzt beordern!

Er drehte den Leblosen in die stabile Seitenlage. Das Gesicht des Mannes verriet jedoch, dass er sich aus dieser Welt bereits verabschiedet hatte.

Der Mann hatte seine Wohnung im vierten Stock verlassen. Es war einsam geworden, nachdem seine Frau vor drei Jahren an Krebs gestorben war. In seinem Rucksack nahm er immer eine Flasche Wodka mit, wenn er außer Haus ging. Der Mann hatte sich eine Wurstsemmel gekauft und war hinunter zum Main gegangen. Er wollte seinen Gedanken Ausgang gewähren. Hoffen, dass seine schlechten vom Fluss mitgenommen würden. Die Menschen um ihn herum – Frauen mit ihren Kindern, Jogger, Skater – nahmen keine Notiz von ihm. Er war ein unscheinbarer Mensch. Schon immer gewesen. Neben ihm saß einer, so alt wie er selbst, schätzte er, dessen Leben auch nicht gerade im Einklang war. Er spürte so etwas sofort.

Er packte seine Semmel aus und biss herzhaft hinein. Der salzscharfe Geschmack breitete sich in seinem Gaumen aus. Trotzdem schlang er die Brotzeit mit Heißhunger hinunter. Die Fließgeschwindigkeit des Mains zog seinen Blick magisch an. Er verlor sich in den schmutzigen Fluten, die ein Unwetter braun gefärbt hatte.

Und plötzlich war er in Gedanken in Barnaul, Russland. Genauer: Sibirien, Region Altai. Dort wurde er geboren. Als Deutscher in Russland. Eine halbe Million Einwohner hatte die Stadt, darunter auch sehr viele Deutsche. Die Stadt war viel größer als Würzburg, aber auch schmutziger, ruppiger, härter. Als Kind träumte er sich aus dem Grau, das wie ein Schleier über der Metropole lag, indem er auf dem großen weißen Wappenpferd ohne einen Sattel fortritt. Irgendwohin, wo die Sonne schien und das Glück auf ihn wartete. Weg von den stinkenden Schornsteinen, die die Luft verpesteten und die Menschen krank werden ließen.

Als er 16 Jahre alt wurde, schickten ihn die Eltern in die Docks am Flusshafen. Als Arbeiter atmete er die Luft, die der Fluss Ob verströmte, ein. Er träumte sich ans Meer, das ihm in seinen Gedanken Freiheit versprach. Mit 18 heiratete er. Die Familie lebte zusammen unter einem Dach.

Dann überraschte sie sein Vater, der dem Aufruf des damaligen Bundeskanzlers Helmut Kohl folgen wollte, nach Deutschland auszuwandern. Die Mauer zwischen Ost und West war gefallen. Der Kalte Krieg hatte ein Ende gefunden. Euphorie machte sich breit. Sie sahen im angeblich so goldenen Westen damals einen Ort, der dem Paradies zu gleichen schien. Schließlich setzten sie ihren Traum in die Tat um.

In Würzburg angekommen trugen sie stolz ihre Identität nach außen. Sie waren Russlanddeutsche, fühlten sich aber als Deutsche. Sie wollten am Wohlstand, der sie zu erdrücken drohte, teilhaben. Sie waren dankbar. Sie waren naiv. Sie mussten diesen Konsumüberfluss erst einmal beherrschen lernen. Sie kamen in Siedlungen unter, in denen hauptsächlich Menschen wie ihresgleichen wohnten. Man ghettoisierte sie. Die Leute mochten sie nicht unbedingt. Werteten sie ab, wenn sie von den Deutsch-Russen sprachen. Man blieb sich fremd. Und jetzt goss Putin auch noch Feuer hinein, indem er den Krieg in der Ukraine begann.

Der Mann nahm die Flasche Wodka aus dem Rucksack und setzte zu einem kräftigen Schluck an. Er ließ die Flasche auf seinen Oberschenkel sinken und seufzte. Er führte die Flasche noch einmal an den Mund. Das Hochprozentige, Reine, floss durch seinen Körper. Suggerierte ihm ein wenig trügerisches Glück.

Auf einem Stück Semmel, das im Papier neben ihm lag, saß eine Fliege. Sie putzte sich die Flügel. Mit dem Zeigefinger schubste sie der Mann zärtlich in die Luft. Er saugte die klare Luft in sich hinein und trank einen weiteren Schluck.

Ein Schleier legte sich um seinen Körper. Die Wellen des Flusses glichen Mäulern, die nach ihm schnappten. Der Mann rieb sich die Augen. Ein Strudel drohte ihn zu verschlingen.

Der Kopf des Mannes fiel auf die Brust. Die Augen waren geschlossen. Er sah ein weißes Pferd, das auf ihn zu warten schien. Er rannte auf das Tier zu. Doch bevor er aufspringen konnte, stieg es mit den Hinterläufen hoch, die Mähne wild im Wind wehend, und stob davon. Der Mann streckte die Hände aus. Er fiel auf die Knie und schluchzte. Der Oberkörper kippte zur Seite. Die Flasche Wodka fiel in den Schmutz. Die Sonne reflektierte einen Strahl im Glas. Das Pferd war verschwunden. Menschen gingen achtlos an der Bank vorbei.

Bemerkten nicht, dass gerade einer der ihren gestorben war.

Roland stand auf seinem Balkon und empfing die Abenddämmerung. Das Ereignis mit dem Mann von heute Mittag ging ihm nicht aus dem Kopf. Mit einem Mal wurde er sich seiner eigenen Endlichkeit bewusst.

„Leerlauf und keine Perspektiven zu haben, sind der Tod der Zukunft“, dachte er. Er musste alles dafür tun, nicht so zu enden wie dieser arme Tropf. Und dann schlich sich doch noch diese verdammte Angst vor dem Ende allen Seins in seine Gedanken.

Im Hintergrund lief *The Package* von A Perfect Circle.

Roland erlebt eine Überraschung

Die Frühbesprechung war vorüber. Roland hatte nur mit einem Ohr zugehört. Ihm war so vieles egal geworden. Er hatte sich entschlossen, sich von alten Weggefährten zu verabschieden. Er chippte sich am Zeitautomaten auf Dienstgang und war auf dem Weg zur Inspektion Würzburg-Stadt. In der Ermittlungsgruppe saßen noch ein paar Kollegen aus der Zeit, als sie alle noch Uniform getragen und den Polizeidienst von der Pike auf erlernt hatten. Man würde einige Anekdoten austauschen, über alte Zeiten lachen und alles Negative ausblenden. So war das eben.

In der Domstraße kaufte er sich noch schnell ein mürbes Hörnchen vom Traditionsbäcker *Brandstetter*. Im Gehen genoss er das Gebäck, das einen einzigartigen Geschmack aufwies. Gemächlich schlenderte er in die Augustinerstraße und wunderte sich, dass das älteste Hochhaus Würzburgs, gebaut 1929, immer noch das grüne Netz übergeworfen hatte. Das ehrwürdige Gebäude hatte als eines der wenigen Häuser in der Innenstadt den Bombenregen am 16. März 1945 überlebt. Und jetzt drohte dem Baudenkmal im Stil der Neuen Sachlichkeit der Abriss. Unmoralisch wurde es ein Spekulationsobjekt, mit dessen Verfall auch noch Geld verdient werden würde.

Das Hörnchen hatte Roland zur Hälfte aufgegessen, als ihm auffiel, dass auch in der Augustinerstraße ein asiatisches Nagelstudio eröffnet worden war. Die schossen wie die Pilze aus dem Boden, dachte er. Seiner Meinung gab es nichts Schöneres als natürlich gewachsene Fingernägel – gepflegt, aber ohne Schnickschnack.

Er ging in den Hof der Polizeiinspektion. Immer noch war der dunkle Fleck erkennbar, auf dem das Polizeiauto ausgebrannt war. Ein Mahnmal einer kurzfristig aufgeflammten Gewaltspirale nach dem Tod der Demonstrantin. Der Terroristin, wie sich Roland gedanklich verbesserte. Nach dem Anschlag war wieder Ruhe eingekehrt. Würzburg eben, dachte der Polizist. Gott sei Dank!

Er warf die Bäckertüte in den Mülleimer vor dem Eingang und presste seinen Dienstausweis gegen die Panzerglasscheibe der Pforte. Ein letztes Mal?

Die Polizistin nickte gelangweilt und betätigte den Öffner, der unangenehm summte, als Roland die Tür aufdrückte.

„Ihr Wichser! Lasst mich in Ruhe! Ich zeige euch an! Scheißbullen!“

Zwei Beamte in Uniform, eine Person of Color und ein Mann, rangen mit einer renitenten jungen Frau, von der Roland zunächst nur den Rücken sah. *NIEMAND MUSS BULLE SEIN* prangte in riesigen Lettern auf dem schwarzen labbrigen T-Shirt. Roland eilte hinzu: „Braucht ihr Hilfe?“

„Nein, geht schon, danke“, keuchte die Kollegin und endlich hatten sie es geschafft, die junge Frau umzudrehen. Die Polizisten wichen den schwächer werdenden Tritten der Renitenten geschickt aus. Die Frau schwitzte stark. Roland rümpfte die Nase. Alle atmeten hörbar aus, als weitere Kollegen und Kolleginnen dazukamen und die Frau ruhigstellten. Rotz lief ihr aus der Nase und vor ihrem geifernden Mund hatten sich Bläschen aus Spucke gebildet.

„Wenn du dich nicht beruhigst, sperren wir dich in die Zelle! Verstanden?!“

„Mir doch egal!“ Ihre Stimme war heiser, der Blick zu Boden gerichtet. Sie spuckte ihren ganzen Hass auf die Fliesen.

„Moment mal“, sagte Roland irritiert, als er gerade die ersten Stufen der Treppe nach oben gegangen war. „Die kenn ich doch. Du bist doch die Jenny Bu …?“

Die junge Frau blickte auf. Ihr Gesicht war krebsrot. Die Haare hingen in Strähnen ins Gesicht. Sie schaute Roland mit feurigen Augen an.

„Aha, der Bulle, der bei uns zu Hause war, wegen dem Kollegen, der die Frau auf der Demo erschossen hat. Das könnt ihr, unschuldige Leute abknallen!“ Sie grinste tatsächlich.

„Die Jenny Budig. Tja Jenny, so trifft man sich wieder.“ Roland war noch auf der Treppe stehen geblieben und fragte in Richtung der festnehmenden Beamten und Beamtinnen: „Was hat sie angestellt?“ Er ging die Stufen hinab und sprach die Kollegin an.

„Ich heiße Utz und bin vom Staatsschutz. Ich ermittle in der Sache mit der toten Demonstrantin. Ich habe vor einiger Zeit eine Meldung an die Inspektionen geschrieben, dass ich informiert werden möchte, wenn die Jenny Mist gebaut hat. Das ist ja wohl der Fall. Die verheimlicht etwas, da bin ich mir zu hundert Prozent sicher.“

„Die Jenny ist eine alte Bekannte. Aber heute hat sie es übertrieben. Sie hat für über 300 Euro Parfüm in ’ner Drogerie mitgehen lassen und dem verfolgenden Detektiv das Nasenbein gebrochen." Die Polizistin, auf deren Namensschild der Name *Schönleber* zu lesen war, war immer noch außer Atem.

„Welcher Markt war das?"

„Der am Bahnhof. Wo sonst?" Sie wischte sich über die Stirn.

Roland nickte und dachte nach. Dann sah er Jenny mit einem durchdringenden Blick an. Die guckte grimmig, hatte aber überraschenderweise die ganze Zeit geschwiegen.

„Sieht nicht gut aus für dich, Jenny! Das weißt du auch!"

„Scheiße, ja!", schluchzte sie plötzlich und schien in sich zusammenzusinken. „Ich habe es diesmal echt übertrieben. Es war eine Mutprobe. Für die Spacken am Bahnhof. Die stehen jetzt dort und lachen sich kaputt über meine Doofheit."

„Schieb's nicht auf andere. Du bist selbst für dein Tun verantwortlich." Roland hatte Zweifel am Wahrheitsgehalt von Jennys Sprüchen. „Wie alt bist du jetzt?" Roland stand direkt vor der Festgenommenen.

„19."

„Heranwachsend, strafmündig. Keine Gnade vor Gericht – mit deinem Vorstrafenregister. Und verletzt hast du auch noch jemanden. Das ist Raub, meine Liebe. Das sieht richtig schlecht aus für dich."

„Hören Sie auf!" Jenny schüttelte wild den Kopf. Sie kämpfte mit ihren Tränen. „Ich weiß selber, dass ich am Arsch bin."

„Außer …"

„Was außer?"

„Außer du kooperierst!"

„Hä?" Jenny legte ihre Stirn in Falten. Sie schloss ein Auge und legte den Kopf zur Seite.

Roland sah seine Chance gekommen und legte nach.

„Du sagst mir im Detail, ohne etwas wegzulassen, was du von deinem Fenster aus beobachtet hast, als dieser Scheißschuss fiel!"

Jenny schwieg kurz. Sie konzentrierte sich. Die Straße hatte sie gelehrt, abzuwägen, was von Vorteil sein konnte, um sich aus einem Schlamassel zu ziehen.

„Was springt für mich heraus?"

Roland sah zu den immer noch dastehenden Uniformierten, die Jenny fixiert hatten.

„Bringt sie bitte in ein Vernehmungszimmer. Ich möchte ungestört mit ihr reden. Und bitte nehmt ihr die Handschellen ab."

„Bist du sicher, Kollege? Die ist eine Furie! Wir waren zu zweit und hatten Probleme, mit ihr fertig zu werden. Und wir sind …" Der Polizist brach den Satz ab.

„Jünger?" Roland lachte auf. „Ist schon in Ordnung. Wie ist dein Name? Okay, Adnan, ich mache das mit meiner Erfahrung wett."

Adnan grinste verlegen. Zuckte mit den Schultern und schloss die Handschellen auf.

„Deine Verantwortung, Kollege."

„Danke. Und bitte wartet noch, bis ihr euren Bericht schreibt. Ich rede nach meiner Unterhaltung mit Jenny noch mal mit euch."

„Wir haben jetzt eh Innendienst. Dann bis später."

Jenny Budig saß auf dem Stuhl wie das berühmte Häufchen Elend. Roland sah sie eine Weile schweigend an. Mit ihren abgekauten Fingernägeln versuchte Jenny, den Stoff des Schreibtischstuhls abzuschaben. Ihre Beine erbebten von den Zuckungen, die ihr Gehirn als Stressboten aussandte. Roland fielen die kleinen, vernarbten Verletzungen auf, die sich quer auf den Unterarmen abzeichneten.

„Ritzt du dich?"

Jenny nickte.

„Bist du in Therapie?"

Jenny schüttelte den Kopf.

„Ich kenne jemanden, der dir helfen kann. Die Frau ist gut. Sehr gut sogar."

Jenny nickte wieder und spürte die Nadeln.

„Möchtest du eine rauchen gehen?"

Jenny bejahte. Sie klang jetzt wie ein kleines Kind, das ihrem Vater bedingungslos vertraute. Sie standen im Hof und schwiegen sich zunächst an. Dann fiel Roland auf, dass unter dem T-Shirt, das durch die Festnahme zerknüllt am Körper klebte, eine Binde quer über den Körper lief und Jennys Brust abschnürte. Ein Gedanke schoss Roland durch den Kopf. Er ging in die Vollen.

„Wer bist du, Jenny?"

Sie rollte mit den Augen und blies den Rauch in seine Richtung.

Ihr Atem ging stoßweise. Sie warf die Kippe zu Boden und begann hemmungslos zu weinen. Roland sah sich kurz um. Niemand nahm Notiz von den beiden. Er nahm Jenny in den Arm und drückte sie an sich. Und Jenny ließ es zu. Endlich hatte sie jemand ernst genommen. Und Roland schwieg. Manchmal brauchte es keine Worte.

„Ich sitze ganz schön in der Scheiße, gell?" Sie saßen wieder im Vernehmungszimmer. Roland hatte ihr ein Taschentuch gereicht, damit sie sich die Tränen trocknen konnte. Sie schien gefasst zu sein. „Was kannst du für mich tun, dass es nicht ganz so schlimm wird. Ich will nicht in den Knast. Lieber putze ich alten Leuten den Arsch sauber."

„Wenn du mir die Wahrheit sagst, schreibe ich in meinem Bericht an die Staatsanwaltschaft, dass mit deiner Hilfe ein irrsinnig komplizierter Fall gelöst werden konnte. Ich kann und will dir nichts versprechen. Die Entscheidung über deine Zukunft trifft einzig und alleine die Justiz."

„Und was passiert, wenn es nicht klappt?"

„Deine Chancen stehen fifty-fifty. Ich an deiner Stelle würde es als Glückslos auffassen."

„Ich weiß nicht ..." Sie zögerte. Rang mit sich. Schaute Roland in die Augen. Rieb sich mit den Handinnenflächen über die Oberschenkel. Diese Nadeln, sie stachen. Sie wollte, dass das aufhört. Sie hasste sich, dass sie weich geworden war. Und dann presste sie hervor:

„Okay! Es war *Spider-Man*!"

„Jenny, verarsch mich nicht! Für Unsinn ist mir die Zeit zu schade!"

„Keine Verarsche, Herr Polizist. Es war echt *Spider-Man*. Also ein Junge. Der trug so eine beschissene, hässliche Jacke. Und hinten drauf, da war der *Spider-Man* aufgedruckt. Jetzt guckst du, gell?"

Sie grinste, weil sie sah, wie Roland ungläubig in Gedanken versank. Er fasste sich aber wieder.

„Und? Weiter! Genauer!" Rolands Herz pochte. Noch eine irre Wendung, dachte er beinahe verzweifelt, ahnte jedoch, dass er der Wahrheit im Hier und Jetzt am dichtesten auf der Spur war.

„Also: Ich höre den Lärm von der Straße, das Gebrüll von den komischen Sachen aus der Flüstertüte, das Pfeifen. Mich interessiert das Gelaber dieser Typen nicht. Aber ich guck aus dem Fenster und da sehe ich so einen Typen rumstehen. Habe mir gleich gedacht, dass das ein Bulle war. Plötzlich war der ganz hektisch. Fummelte in seiner Tasche nach seinem Handy und telefonierte. Dabei fuchtelte er wie ein Gestörter mit seinen Armen. Dann machte er einen Schritt rückwärts. Und peng – fiel er die Treppe runter. Ich musste erst mal lachen. Das sah so lustig aus wie in diesen *YouTube*-Videos, weißt du, wo den Leuten immer so komische Sachen passieren."

Roland nickte.

„Ja! Und dann?" Er war gebannt, elektrisiert, neugierig, ungeduldig. Schweiß stand auf der Stirn. Sein rechtes Bein zuckte nervös.

„Und dann sah ich, dass die Knarre von dem Typen aus der Jacke gefallen war und auf einer Stufe lag. Der war Bulle, hatte ich also recht gehabt. Na, scheiß drauf! Und gerade als ich mich wieder hinlegen wollte, weil mir das alles am Arsch vorbeiging, da kam der Junge. Der sah die Pistole. Er nahm das Ding und ich dachte mir schon, oh, oh, oh, ob das mal gut geht, als er zielte. Und Peng! Der Schuss fiel. Das war's. Er ließ die Knarre fallen und haute erschrocken ab. Ich dachte mir, leckt mich doch am Arsch. Vorhang zu und ich weiß von nichts."

Beide schwiegen. Im Zimmer lag eine bleierne Schwere.

„Das ist alles, was ich sagen kann. Passt das so?"

„Beschreibe mal den Jungen genauer, bitte."

„Naja, der war so um die zehn Jahre alt. Schmächtig. Der Parka war schwarz. Wie gesagt, das Logo vom Spinnenmann hinten drauf. Und blond war der, glaube ich. Der ist dann wie ein Irrer in Richtung Bahnhofstraße gerannt. Wie geht es jetzt weiter?"

Roland atmete schwer aus. Erleichterung sah anders aus.

„Ich schreibe deine Aussage auf und muss noch ein paar Angaben überprüfen. Gib mir deine Handynummer. Ich halte dich auf dem Laufenden. Und keinen Blödsinn mehr. Du lebst die nächste Zeit wie eine Nonne! Haben wir uns verstanden?"

Jenny nickte eifrig. „Kann ich noch eine mit dir rauchen? Und danke, dass du mich einfach mal ernst genommen hast."

Als sie abermals im Hof standen, instruierte Roland Jenny über seinen weiteren Plan.

„Wenn wir fertig sind, werden dich die beiden Kollegen und Kolleginnen zu dem Ladendiebstahl und der Körperverletzung vernehmen. Du legst eine Lebensbeichte ab! Du erzählst denen alle Schandtaten, für die du im Verdacht stehst. Und zwar so ausführlich, bis denen vor Rührung die Tränen in den Augen stehen und der Adnan dich adoptieren möchte. Haben wir uns verstanden, Jenny?"

Sie nickte heftig, lächelte sogar.

„Wie findest du eigentlich mein T-Shirt?"

Roland seufzte.

„Feine Sahne Fischfilet. Kenne ich. *Wut vom Album Bleiben oder gehen*. Passt zu dir. Aber ich fände einen Spruch wie *NIEMAND MUSS GANOVE SEIN* besser."

Mit dem Besuch in der Dienststelle wurde es an diesem Tag nichts mehr. Nach der Vernehmung Jennys hatte Roland das

Mädchen diesem jungen Kollegen, Adnan, übergeben und war zurück in seine Dienststelle gegangen.

Er jagte aufgeregt die Ereignismeldungen des Tages durch, als Marianne Niehaus, alias Eva Seintor, erschossen worden war. Dann fand er den Eintrag. Sein Herz schlug schneller. Er war im Tunnel. Da stand es schwarz auf weiß: der Unfall. Ein Junge war in einen Kleinlaster gerannt. In der Bahnhofstraße. Dieser Junge trug einen auffälligen Parka mit dem *Spider-Man*-Logo hinten drauf. Sein Name war: Paul Lebert.

Roland sprang vom Stuhl hoch, als hätte ihn eine Tarantel gestochen.

„Fuck, fuck, fuck", platzte es aus ihm heraus. „Das gibt es doch nicht! Was, verdammt, passiert hier?"

Ihm war sofort klar, als er den Namen des Jungen gelesen hatte, dass das der Sohn von Carstens Freundin war. Er griff zum Telefonhörer.

„Carsten? Bist du im Büro? Bleib dort! Ich komme sofort zu dir! Sorge dafür, dass du alleine bist! Keine Fragen, bis gleich!"

Ingrid hatte einen freien Tag. Klotz stand mit fragendem Blick in der Tür und schaute ihn fordernd an.

„Keine Zeit, Chef. Ich muss sofort los. Morgen erfährst du alles. Es ist eine irre Geschichte, das kann ich dir jetzt schon versprechen."

Dann ließ er Klotz stehen, der ihm mit Fragezeichen in den Augen nachschaute. In seinem Inneren freute er sich, dass Roland bald in Pension ging und er diesen Querulanten endlich loshatte.

Roland sagt es Carsten

„Wie stark bist du, Carsten?"

Roland stand im Büro des Polizeipräsidiums und tippelte nervös von einem Fuß auf den anderen.

„Du machst mich echt wahnsinnig mit deiner Geheimniskrämerei." Carsten zeigte Roland mit mürrischer Miene sein Unverständnis darüber, dass sich sein alter Kollege schon so lange nicht mehr bei ihm gemeldet hatte. Er blaffte Roland an: „Was ist los? Raus mit der Sprache!"

Roland war ruhig geblieben. Er erzählte Carsten von dem Vorfall in der Augustinerstraße.

„Und dann habe ich recherchiert. Also, der Junge, der die Pistole an sich genommen hatte, als du bewusstlos warst."

Carstens Mund stand offen. Er schaute Roland an, als hätte dieser soeben ein Kaninchen aus dem Hut gezaubert.

„Der Junge, der geschossen hat."

Carstens Kopf schwankte hin und her. Er nahm eine Flasche Mineralwasser, die auf dem Schreibtisch stand, in die Hand. „Dieser Junge, Carsten, war Paul. Der Paul Lebert. Der Sohn von Caroline, deiner Freundin." Rolands Stimme zitterte. Er war fix und fertig. Sein Schweiß rann die Schläfen hinab.

Wortlos schüttete sich Carsten den Inhalt der Flasche über den Kopf. Die beiden Kollegen blickten sich an, als wäre die Erde für ein paar Sekunden stillgestanden.

„Hör auf, mich zu verarschen!", schrie Carsten verzweifelt.

„Das *Spider-Man*-Logo, Carsten. Es gibt keine Zweifel. Sei doch froh, dass der Scheißfall endlich geklärt ist und du unschuldig bist. Unschuldig! Verstehst du? Paul ist vernarrt in *Spider-Man*. Als sie ihn in Bamberg aufgegriffen haben, hatte er auch die Jacke mit dem Spinnenmann an."

„Oh mein Gott! Das ist gerade zu viel für mich. Was machen wir jetzt? Ich weiß nicht, ob ich lachen oder heulen soll?"

„Paul ist strafunmündig. Dem wird nichts passieren. Vielleicht ist es besser, wenn er endlich damit konfrontiert wird. Dann muss er mit der Mama das alles therapeutisch verarbeiten."

„Aber dann hatte Paul gar keine Angst vor mir, sondern ..."

„Sondern vor seiner Tat, ja!"

„Mein Gott, ich kann das nicht glauben. Das ist so furchtbar."

„Du denkst an Caroline, nicht wahr?"

„Caroline schnappt über, wenn die das erfährt. Was muss diese Frau denn noch alles durchmachen? Manche Menschen ziehen in ihrem bisschen Leben wohl immer die Niete."

„Möchtest du zu ihr?"

„Spinnst du?! Ich gehe da nicht hin. Unser Verhältnis liegt eh auf Eis. Jetzt ist es ganz vorbei. Das könnte ich nicht, mit so einem Kind unter einem Dach leben. Nein, das könnte ich nicht." Carsten stützte seinen Kopf in die Hände. Ein Speichelfaden rann ihm aus dem Mundwinkel und tropfte auf eine Akte. Er schluchzte.

„Ich wollte dich als Ersten informieren. Das Ganze übernehmen die Kollegen und Kolleginnen vom LKA in München. Da bist du außen vor. Dir wird es bald besser gehen. Freue dich darauf, wieder in den Schoß des Staatsschutzes zurückzukehren. Hast du Lust auf ein Glas Radler? Ich glaube, es würde uns beiden guttun."

„Dann erzählst du mir die ganze Geschichte, ja? Ich kann das alles gar nicht erfassen. Sorry, ich bin gerade komplett im Arsch."

Sie saßen im Biergarten *Dornheim*, auf Pastellfarben gestrichenen Klappstühlen. Der Kies unter ihren Schuhen knirschte mit jeder Bewegung.

„Es ist eine Schande, aber ich bin tatsächlich zum ersten Mal hier."

Carsten ließ seinen leeren Blick durchs Rund gleiten. Die gute Laune der bunten Gästeschar prallte an ihm ab. Er konnte die Tragweite des Geschehens immer noch nicht in Gänze erfassen.

„Kannst du dich noch ans *Café zum schönen René* erinnern?" Roland versuchte es mit Small Talk.

„Die Bahnhofsbude am Vorplatz? Ja klar. War doch Kult." Carsten war nicht bei der Sache. Roland versuchte weiter, seinen Kollegen auf andere Gedanken zu bringen.

„Die Macher von damals haben das ehemalige *Talavera-Schlösschen* vor ein paar Jahren übernommen und nannten es um in *Waldschänke Dornheim*. Sie wollten den Gästen eine Oase der Ruhe schaffen, inmitten der Hektik der Stadt. Keine Ahnung, wer das Ganze zurzeit gepachtet hat. Der Geschichte nach hatte ein Domherr das Schlösschen für seine Gattin gebaut, der *Füchsin von Dornheim*."

„War bestimmt ein Lustschloss. Die Füchsin! Hört sich nach scharfem Luder an." Carsten lachte bitter.

Sie stießen ihre Gläser aneinander. Der Keiler grüßte lachend von einem Sonnenschirm, während Roland seinem jungen Kollegen ausführlich erzählte, wie es zur Aufklärung des tragischen Todes der Demonstrantin gekommen war.

Kurz hatte Roland überlegt, ob er ihm die ganze Geschichte der Niehaus, die eigentlich eine Terroristin war, erzählen sollte. Doch die besser werdende Laune seines Partners ließ dies nicht zu.

Roland nahm erfreut zur Kenntnis, dass Carstens Erleichterung über das Ermittlungsergebnis spürbar wurde. Sein Körper entspannte sich und er zeigte schon wieder sein entwaffnendes Lächeln. Auch die Beziehung zu Caroline Lebert hatte er offenbar schon von sich geschoben.

„Roland, was würde ich nur ohne dich machen? Du hast mich nicht im Stich gelassen."

„Ich habe mich nur an ein Versprechen gehalten."

„Danke! Für alles! Ich werde dich vermissen!"

Roland nickte und nahm einen erfrischenden Schluck aus dem Glas.

„Das habe ich schon einmal gehört."

Die Dinge fügen sich

„Hier ist Adnan. Hallo, Herr Utz."
„Wir sind Kollegen. Wir duzen uns."

„Diese Jenny. Der musst du ja echt Angst eingejagt haben."

„Alte Schule der Vernehmungstaktik", grinste Roland in die Sprechmuschel des Telefons.

„Die hat gesungen wie ein Vögelchen. Acht Seiten Vernehmung. Soll ich dir das zuschicken?"

„Sag mir nur das Aktenzeichen. Für meinen Bericht an die Staatsanwaltschaft verweise ich darauf. Danke noch mal herzlich für die Zusammenarbeit. Übrigens, Adnan ..."

„Ja?"

„Hier wird bald eine Stelle frei. Bewirb dich doch, oder noch besser, sprich gleich beim Chef vor. Ich würde ein gutes Wort für dich einlegen, wenn es dir recht ist."

„Wow, okay. Ich überlege es mir mal."

„Ich an deiner Stelle würde nicht lange grübeln."

Carsten kam ins Zimmer. „Die Chefs haben mir gerade gesagt, dass es nicht mehr lange dauern kann, bis ich in den Schoß des Staatsschutzes zurückkomme. Toll, oder?" Er stutzte. „Was ist los? Freut ihr euch gar nicht?"

„Verdammt, Carsten. Gerade läuft der Einsatz bei Caroline. Sie hat offenbar einen Nervenzusammenbruch erlitten. Von Paul nehmen sie gerade Fingerabdrücke." Roland blickte vom Computerbildschirm hoch. „Das geht dir doch noch ganz schön an die Nieren, stimmt's? Sollen wir zu Caro hinfahren?"

„Das wäre ein schlechter Zeitpunkt und würde alles noch viel schlimmer machen."

Roland nickte erleichtert.

„Schon verrückt, wie die Zufälle so ineinandergreifen", resümierte Carsten nachdenklich.

„Ich glaube nicht an Zufälle. Alles hängt irgendwie mit allem zusammen."

„Wenn du das sagst."

Im Rahmen der Ermittlungen konnten Paul Leberts Fingerabdrücke auf Carstens Waffe abgeglichen werden. Jennys Geschichte stellte sich als lückenlos wahr heraus. Paul erzählte, im Beisein einer Frau vom Jugendamt, der erfahrenen Kripobeamtin den Ablauf des schrecklichen Tages. Wild gestikulierend sprudelte es aus ihm heraus, und löste den Panzer, der ihn die ganze Zeit zu ersticken drohte. Paul durfte bei Caroline bleiben. Die Mutter bekam jedoch eine Betreuerin des Jugendamts zur Seite gestellt. Pauls Krankheit gab den Ausschlag dafür, dass er bei seiner Mutter bleiben durfte und nicht in ein Heim musste. Die Medien hatten sich vornehm zurückgehalten. Aufgrund der Strafunmündigkeit des Jungen wurde das Strafverfahren eingestellt. Es gab eh keine Angehörigen der Toten, die Schadensersatzansprüche hätten geltend machen können.

Caroline Lebert zog mit Paul in ein anderes Bundesland. Weit weg von Schmerz und Tragödie. Und weit weg von Carsten, dem das nur recht war.

Alles war wieder im Fluss.

Als wäre nie etwas geschehen.

Die Stadt schwitzte.

Die Sonne brannte.

Und Roland machte Pläne für seine Abschiedsfeier.

Roland verabschiedet sich

Das Besitzerehepaar vom *Time Out* in der Zellerau, dem Kiez von Roland, schlug ihm vor, mehrere Pizzen zu bestellen und diese in verschiedenen Variationen seinen Gästen anzubieten. Die Getränke könne jeder nach Karte bestellen. Roland fand, dass das eine prima Idee war und für seine Kollegen und Kolleginnen genau der richtige Rahmen.

So ging die Verabschiedung Ende August bei sonnigen Temperaturen im Biergarten des ehemaligen Gasthauses *Zur Linde* über die Bühne. Klotz hielt eine überraschend gelungene Abschiedsrede, vergaß aber nicht, sich auch selbst zu loben. Carsten saß still vor seinem Hefe-Weizen und stierte die bernsteinfarbene Flüssigkeit an. Erst als der Abend sich dem Ende neigte, nahm er Roland, deutlich beschwipst, in die Arme. Er drückte ihn an sich und flüsterte ihm zu:

„Danke. Danke für alles."

Ingrid heulte und auch Rolands Augen waren feucht geworden.

„Hallo Leute, wir sind doch nicht auf einer Beerdigung. Freut euch einfach mit mir. Alles wird gut!"

„Prost! Auf deine Zukunft und deine Gesundheit!", rief der Chor der Übriggebliebenen unisono.

Roland hatte sich bei der *Würzburger Tafel e. V.* vorgestellt. Der Verein war nur ein paar Minuten von seiner Wohnung entfernt. Besser ging es nicht. Dankbar nahmen die Verantwortlichen seine Hilfe an. Mit Ruhe und Gelassenheit wies er aufgeregte Frauen und Mütter zurecht. Er konnte auch mal laut werden, wenn manche die Regeln der Reihenfolge beim Anstehen missachteten. Insgesamt gefiel ihm der Job. Er hatte Ansprache und war in einem sozialen Bereich aktiv, was seiner Einstellung entgegenkam. Seine Autorität wurde von jeder und jedem akzeptiert. Es hatte sich herumgesprochen, dass hier ein ehemaliger Polizist stand und aufpasste. Roland verstand nicht, dass es die Tafel überhaupt gab, in einem Land, das so furchtbar reich war. Das herzliche Wesen der meisten sogenannten „sozial Schwachen" stand im krassen Gegensatz zu einer kalten Politik, die immer nur nach geldwerten Vorteilen gierte.

Die Zeit verging. Er las sehr viel, verbesserte sein Klavierspiel und hatte sich tatsächlich eine Geige gekauft, die jedoch noch unausgepackt in der Ecke stand.

Dann im Oktober passierten zwei ungewöhnliche Dinge. Es schneite – den ganzen Tag lang. Würzburgs Autofahrer fluchten und hatten alle Hände voll zu tun, mit ihren Sommerreifen Unfälle zu vermeiden.

Und dann kam ein Anruf.

„Ich bin's. Ich warte auf dich. An der Tellsteige. 19 Uhr."

„Wer? Verflixt! Rebecca!", entfuhr es Rolands erschrockenem Mund. Die Anruferin hatte bereits aufgelegt.

Roland stellte verwirrt fest, dass es ihn aufgrund des Anrufs nicht aus den Schuhen gehauen hatte. Das war mal wieder typisch Rebecca. Aus dem Nichts tauchte sie auf und lockte ihn zu sich. Seine alte Liebe. Da war sie wieder – Rebecca.

Er blickte auf seine Armbanduhr. Schon halb sechs. Er duschte ausgiebig. Putzte sich die Zähne. Klatschte sich ein wenig mehr Eau de Toilette auf die Haut als sonst üblich.

18.15 Uhr.

Er schnürte seine Winterstiefel und zog den Parka über.

Bei dem Discounter, den er noch nie betreten hatte, bog er in den hinteren Teil der Zeller Straße ein, die direkt zur Tellsteige hinführte. Diese hatte nichts mit Wilhelm Tell zu tun, was manche immer glaubten. Telle bedeutet eine Einbuchtung im Gelände. Im Jahr 1308 hatten Bürger der Stadt Würzburg das Tell-Tor errichtet, um kontrollieren zu können, wer von der Festung kommend in die Stadt hinüberwollte.

Durch das leichte Schneetreiben sah er eine Gestalt. Selbst von hinten betrachtet strahlte sie Anmut aus. Die langen schwarzen Haare hingen über den Mantel, der leicht mit Schneeflocken gesprenkelt war.

Roland hielt inne. Seine Handinnenflächen waren vor Nervosität feucht geworden. Sein Herz pochte. Er stellte sich neben sie. Beide schwiegen. Sie blickten, an der Festungsmauer stehend, hinunter auf die Stadt. Der Schnee hatte die Dächer der Häuser mit Puderzucker bestäubt.

„Warum bist du zurückgekehrt in diese Stadt, die dir so viel Leid zugefügt hat?" Roland brach das Schweigen.

Sie hatten sich immer noch nicht angesehen. Standen nebeneinander wie in Stein gehauene Figuren, die aus der Zeit gefallen schienen.

„Ich hielt Italien nicht mehr aus. In Rom ersticken zu viele Touristen die Ursprünglichkeit dieser ewigen Stadt. Ich will nicht unter Melonis Faschisten leben, die dieses wunderschöne Land kaputt regieren." Sie hob ihren Kopf. Blinzelte erschrocken, als eine Schneeflocke in ihr rechtes Auge fiel. „Mein Vater ist gestorben. Mein Halbbruder hat Familie. Dort bin ich ein Fremdkörper. Aber der eigentliche Grund meiner Rückkehr ist, …"

Roland legte seinen Kopf zur Seite und spitzte die Ohren.

„… dass ich dich nicht mehr aus meinem Kopf gekriegt habe." Ihr war die Aufregung anzumerken.

Roland atmete heftig aus. „Die heftigen Vorwürfe von damals? Vergessen?"

„Vergessen nicht. Auf keinen Fall. Ich war in einem Ausnahmezustand. Ich musste von hier weg. Weit weg. Jetzt bin ich bei mir angekommen. Die Zeit deckt die alten Wunden zu. Sie sind noch da, aber nahezu unsichtbar." Sie drehte sich um und blickte Roland an, der sich ihr instinktiv zuwendete.

Rebecca lächelte. „Es ist kalt. Lass uns gehen!"

Sie zeichnete ein Herz in den Schnee auf der Mauer vor ihnen.

Teilte es in zwei Kammern und schrieb in jede ein *R*.

„Whole Lotta Love, Roland. Was sonst?" Sie sah ihm direkt in die Augen und Roland sah, dass er sie wiedergewonnen hatte.

„Für immer und dich?"

„Wusste ich mal. Ich komme gerade nicht drauf."

„Rio Reiser."

Ihre Fingerspitzen berührten sich zärtlich.

Sie drehten sich um und gingen davon.

Der Schnee deckte ihre Spuren zu.

Dann hatte sie die Dämmerung verschluckt.

Sie wurden unsichtbar.

Auf den Parkplätzen unterhalb wurde eine Autotür geöffnet. Aus dem Inneren tönte *One* von U2.

EPILOG

Die Tage des Himmelsfalters waren gezählt.

115 Tage hatte er Fressfeinden widerstanden und war dem Fangnetz des Sammlers entwischt.

Er flog müde durch den Regenwald und bemerkte nicht, wie sich ein kleiner Rotschwanz-Glanzvogel mit seinem grünschimmernden Federkleid näherte und ihn ins Visier nahm.

Nachdem sich der lange, spitze Schnabel in seinen Körper gebohrt hatte, sank eine herrlich blaue Schwinge zu Boden.

Der Schlag der Schmetterlingsflügel war zu Ende.

Es herrschte wieder Ruhe im fernen Land.

WER SCHMETTERLINGE LACHEN HÖRT,
DER WEIß, WIE WOLKEN SCHMECKEN

Novalis, dt. Dichter der Romantik

Mein **DANK** gilt von ganzem Herzen:

Wie immer meiner Familie. Ulrike und Thomas, Gerd (www.comicdealer.de), Edda und Günther, für ihre Inspiration, Zeit und Geduld. Den Polizei-Poeten (www.polizei-poeten.de) für die ausgerichteten Schreibseminare. Herrn Reder vom Echter Verlag, Frau Nadine Wiget, meiner Lektorin und in Memoriam Herrn Häußner vom Echter Verlag für sein Vertrauen und seine Offenheit. Möge er in guten Händen ruhen.

Weitere Infos unter: www.volkersebold.de

QUELLENANGABEN

Regenwald – Lebensräume der Natur, Sir David Attenborough, Das Beste aus Reader's Digest

Blauer Morphofalter – tierdoku.de und wikipedia.org/wiki/Blauer_Morphofalter, abgerufen am 03.05.22

Nagoya-Protokoll – Ein am 29.10.2010 im japanischen Nagoya beschlossenes internationales Umweltabkommen im Rahmen der 10. Vertragsstaatenkonferenz der UN-Biodiversitätskonvention zur Umsetzung der Ziele der UN-Konvention über biologische Vielfalt von 1993 – Wikipedia, abgerufen am 08.11.2023

Augen in der Großstadt – Kurt Tucholsky, deutschelyrik.de, abgerufen am 18.01.23

Kiliansbrunnen – wuerzburg-sehen.de, abgerufen am 21.01.23

Frankoniabrunnen und die Brunnen im Hofgarten – wuerzburg-wiki.de, abgerufen am 10.03.23

Antifa-Zitate – auszugsweise antifa_wue, abgerufen am 30.04.23

Tellsteige – wuerzburgwiki.de, abgerufen am 21.06.23

SOUNDTRACK ZUM BUCH

PUBLIC PERVICE BROADCASTING: Bright Magic/Ich und die Stadt

PORTISHEAD: Dummy/Glory Box

ROBERT PLANT: The Principle of Moments/Big Log

SKA-P: Game Over/Colores

LIZZO: Special/Grrrls

CHRISTIAN RONIG: Heavy Seas at the Cape of Good Hope/ Silence Has Been Falling Deep

BEN HARPER: Bloodline Maintenance/Where Did We Go Wrong

IKE & TINA TURNER: The Collection/Nutbush City Limits

BRUCE SPRINGSTEEN: Letter To You/Last Man Standing

A PERFECT CIRCLE: Thirteenth Step: The Nurse Who Loved Me

URIAH HEEP: Salisbury/Lady in Black

DIRE STRAITS: Dire Straits/Sultans Of Swing

M. MÜLLER-WESTERNHAGEN: Mit Pfefferminz bin ich dein Prinz/Mit Pfefferminz bin ich dein Prinz

H. GRÖNEMEYER: 4630 Bochum/Alkohol

ALTIN GÜN: Ask/Doktor Civanim

SANKT OTTEN: Zwischen Demut und Disco/Wir sind die Guten; Der Abend ist Gelaufen

PATTI SMITH: Outside Society/Gloria: In Excelsis Deo

KRAFTKLUB: Kargo/Kein Gott, kein Staat, nur Du

A PERFECT CIRCLE: Thirteenth Step/The Package

FEINE SAHNE FISCHFILET: Wut/Bleiben oder gehen

LED ZEPPELIN: II/Whole Lotta Love

RIO TEISER: Rio I./Für immer und dich

U2: Achtung Baby/One

NOVALIS: Novalis/Wer Schmetterlinge lachen hört